AF381952

Imagine there's no heaven, it's easy if you try,

no hell below us, above us only sky.

Imagine all the people, living for today.

John Lennon

Handlung und handelnde Personen sind frei erfun-
den. Jede Ähnlichkeit mit tatsächlichen Geschehnis-
sen und lebenden oder gestorbenen Personen wäre
rein zufällig.

Für Niko, Veronika und all die Anderen

Robert Peters

Sommer 1971

Soundtrack einer Kleinstadt-Jugend

 tredition

Druck und Distribution im Auftrag des Autors:
tredition GmbH, Heinz-Beusen-Stieg 5, 22926
Ahrensburg, Germany

Kapitel 1 - Reginald

Sänger: Joe Cocker

Lied: With a Little Help from my Friends

Ich bin nun schon lange tot. Aber ich komme trotzdem immer wieder her. Heute ist hier ein Kindergarten, und in den früheren Häusern der englischen Soldaten wohnen längst deutsche Familien. Der Anstrich hat sich nicht geändert, die Häuser sehen immer noch aus wie Pfefferminzbonbons in einem englischen Laden, staubig blau, staubig grün oder staubig rötlich. Kunstlehrer würden wahrscheinlich sagen: Es sind Pastelltöne.

Früher gab es hier eine kleine Wiese mit vielen braunen Flecken, Rasen konnte man das nicht nennen, und vor einem Zaun, der die Wiese von den Häusern dahinter abtrennte, stand ein Transformatorhäuschen. Darauf war ein gelbes Schild befestigt, das vor den großen Gefahren warnte, wenn einer auf die Idee verfallen sollte, das Ding unbefugt zu öffnen. Auf die Idee ist nie jemand gekommen, soviel ich weiß.

Im Laufe der Jahre habe ich die Wiese verschwinden sehen und das Freibad daneben, ich sah den Kindergarten wachsen und die Baukräne. Irgendwann waren auch die weg. Es müssen Jahre gewesen sein, viele Jahre, obwohl mein Zeitgefühl nachgelassen hat, seit ich tot bin.

Ich hab mir früher immer vorgestellt, wie die Ewigkeit wohl sein könnte. Ich habe gedacht, das muss ein ganz schönes Gedränge da oben sein, wenn das mit dem Himmel stimmt – oder mit der Hölle, dann wäre das Gedränge irgendwo ganz unten oder oben und unten. Und weil der Teufel in den alten Geschichten Herr der Lüfte ist, auch noch dazwischen. Auf jeden Fall Gedränge. Überall.

Jetzt weiß ich, dass die Ewigkeit die Konturen von Zeit und Raum einfach aufweicht und langsam, ganz langsam zerfließen lässt, ungefähr so wie auf den Bildern von Dalí. Die hab ich noch zu Lebzeiten gesehen und bewundert. Verstanden habe ich sie erst jetzt.

Aber auch Dalí hat sich bestimmt nicht wirklich vorstellen können, wie das in der Ewigkeit ist. Und fragen, wie er es sich vorgestellt hat, kann ich ihn nicht. Denn die Toten treffen sich nicht. Das war für mich ebenso eine Überraschung wie die Tatsache, dass ich die alten Orte immer wieder besuchen kann. Im Religionsunterricht habe ich damals gelernt, dass Jesu Geist über den Wassern schwebte – oder war es der Geist Gottes? Es macht wohl keinen großen Unterschied, wenn das mit der Dreifaltigkeit stimmt. Mein Geist schwebt über Goch, denn da bin ich geboren, und da bin ich auch gestorben. Dazu später mehr.

Vielleicht schweben hier auch die Geister all der anderen, die hier geboren und gestorben sind. Das weiß ich nicht. Manchmal glaube ich ihre Anwesenheit zu spüren. Besonders an diesem Ort, an dem das Transformatorhäuschen stand. Dort spüre ich auch, dass sogar die Lebenden ihre Spuren hinterlassen. Die Spuren fühlen sich elektrisch an, wenn ich richtig hinhöre, dann summen sie ein wenig.

Ich sehe sie dann vor mir, wie sie damals waren, im Sommer 1971, dem Sommer, als die Wiese am Transformatorhäuschen unser Treffpunkt war. Ich sehe tatsächlich in sie hinein, in ihre kleinen Geschichten, ihr kleines Leben. Manchmal spüre ich, was aus ihnen geworden ist. Meistens aber erlebe ich nur ein bisschen mit, wie sie damals waren. Ich höre ihre Lieblingsmusik vorbeischweben, blättere ein wenig in ihren Gedanken herum. Und ich kann sagen: Viel war das nicht, was sie dachten. Da waren sie gar nicht anders als ich. Ich denke erst jetzt so richtig. Das hilft allerdings nicht unbedingt weiter. Jetzt nicht mehr.

Inzwischen sind viele gestorben. Das ahne ich manchmal, manchmal weiß ich es. Andere leben gerade ihr Leben. Das schwebt ebenso nutzlos herum wie ich, es summt und brummt und schwingt nur leise. Unsere Welt hat kein richtiges Ziel, das habe ich schon lange erkannt. Ob das andere auch erkennen? Wahrscheinlich nicht, sonst würden sie nicht so eifrig herumhasten und vorgeben, ein Ziel zu verfolgen, das aber nur ihrer Einbildung entspringt, einem Wunsch nach Sinn.

Wir kamen damals nach der Schule oder nach dem Feierabend auf der Lehrstelle zum Transformatorhäuschen, manche zu Fuß, manche mit dem Rad, die Älteren mit Mopeds. Wir lagen in kleinen Gruppen auf der Wiese, rauchten Zigaretten und Joints, ja, auch Joints, das war gerade ganz besonders verwegen und deshalb besonders angesagt. Wir hörten Musik aus kleinen Transistorradios oder Kassettenrekordern, und manchmal machten wir selbst Musik. Also: Wir ist jetzt nicht ganz richtig, einige von uns. Ich nämlich nicht, ich litt an einem langfristig gestörten Verhältnis zu Instrumenten, das ich mir nicht einmal selbst austreiben konnte.

Viele Jungs trugen die Haare lang und ließen sie ins Gesicht fallen, wenn sie im Schneidersitz dasaßen, als wollten sie das Gesicht vor der Welt verstecken. Sicher wollten sie das auch. Wir trugen Jeans und bunte Cordhosen, die wenigen Mädchen hatten ihr Haar in der Mitte gescheitelt, und über ihren weiten Blusen schaukelten bunte Ketten. Sie sahen aus, wie sich die bei unseren Müttern so beliebte Zeitschrift Brigitte Hippies vorstellte, bunt und brav, so wie zur Karnevalszeit, die neben Ostern und Weihnachten die wichtigste Zeit des Jahres in der Kleinstadt war.

An diesem Ort sind sie immer noch da, oft hoffe ich gegen alle Erfahrung, mit ihnen sprechen zu können, was mir schon damals selten gelang, denn ich trug das Haar kurz, hatte eine Brille mit dicken Gläsern und saß nur am Rande dabei. Dafür schaute ich gut hin, und manchmal habe ich das Gefühl, dass ich es schon damals wusste, wie es ihnen ergehen, was aus ihnen werden würde. Das kann allerdings auch eine Täuschung sein, weil sich Erinnerung, Tatsachen und Vorstellungen gegenseitig überlappen. Dass sich die Konturen der Welt verschieben und damit auch Kategorien wie Wissen und Daten, wenn man einmal tot ist, habe ich ja schon gesagt.

Die Erinnerung aber bleibt unter allen Schichten der Wahrnehmung, sie kann nicht alt werden – genauso wenig wie ich selbst. Beides ist nicht immer schön. Manchmal wird es ein bisschen schwierig, weil sich die Erinnerungen an die vielen Jahre gegenseitig zu widersprechen scheinen. Vielleicht bringe ich dann etwas durcheinander. Dafür bitte ich schon mal um Entschuldigung. Es ist nicht meine Absicht, jemanden zu verwirren. Ich bin selbst verwirrt genug, immer noch.

Wie es am Transformatorhäuschen war, weiß ich jedoch ganz genau. Ein normaler Sommertag dort ist so: Im Freibad nebenan herrscht der übliche Betrieb. Kinder kreischen, auf den Beton-Rängen am Schwimmerbecken lagert das Publikum für die Kunstspringer vom Dreimeterbrett, und auf den Wiesen liegen auf Decken ganze Familien, in den Ferien schon morgens. Es riecht nach Chlor, nach

Sonnencreme, nach trockenem Rasen, in den Umkleidekabinen ein bisschen nach Käse, Schweiß, Fisch, muffigen Unterhosen und klebrigen Träumen. Ich wollte schon damals nie so oft darüber nachdenken.

Wir gehen selten ins Freibad, da muss man vorsichtig sein mit dem Rauchen, denn der Bademeister hat uns auf dem Kieker und schleicht überall herum. Wenn man gerade nichts Böses denkt, erscheint er plötzlich wie ein Geist (ulkig, dass ich das sage) und sächselt den befürchteten Befehl: Nun aber mal her mit der Zigarette! Es hört sich an wie Zigaredde und ist auf jeden Fall blöd.

Da helfen dann nämlich nicht mal die einfallsreichsten Ausreden (Muss ich gerade mal festhalten, mein Kumpel kommt gleich zurück, der ist schon 18). Der Schwimmmeister schiebt den Schirm der Kapitänsmütze ein bisschen höher und nimmt mit den Zigaretten, denn er beschlagt immer die ganze Packung, einen würdevollen Abgang.

Gelegentlich verspricht er dabei, das alles „mal der Muddi" zu sagen, die er natürlich kennt. Hier kennt jeder jeden. Er sagt es der Muddi aber nie, die Drohung reicht ohnehin für eine halbe Woche klamme Unsicherheit und bange Blicke bereits beim Frühstück. Das weiß er wahrscheinlich. Schlechtes Gewissen nennt man das in kirchlich gut unterrichteten Kreisen. Und zu diesen gut unterrichteten

Kreisen gehörte ich auf jeden Fall. Diesen Unterricht habe ich nicht vergessen, bis heute nicht. Auch „Heute" ist ein sehr dehnbarer Begriff geworden.

Um den Hals des Schwimmmeisters hängt an einer silbernen Kette die Trillerpfeife, in die er bläst, wenn wieder jemand vom Rand ins Becken springt. Dann schaut er streng, denn das ist verboten, und es kommt wegen der strengen Blicke auch nicht so häufig vor. In den weißen Shorts, die er selbst an kühlen Tagen trägt, stecken die Schlüssel zu all den wichtigen Räumen im Freibad mit den großen Maschinen und den Eimern mit Chemikalien. Er ist der König in diesem kleinen Reich. Und so bewegt er sich.

Manchmal steht er ganz oben auf der rot gestrichenen Rutsche am Nichtschwimmerbecken, den einen Fuß aufgestützt am blau-weißen Geländer, die Kapitänsmütze leuchtet geradezu, und er schaut in die Weite. Das sieht aus wie auf einem Plakat. Das soll es wohl auch. Er kommt sich dann bestimmt so vor wie Hans Albers auf der Kommando-Brücke von irgendeinem Spielfilmschiff. Es fehlt nur, dass er „La Paloma" singt. Den Gedanken finde ich heute ziemlich lustig.

Sein Stellvertreter hat keine Kapitänsmütze. Dafür ist er immer gut gebräunt und stolziert gern mit bloßem Oberkörper über die Wiese – immer mit einem heimlichen Seitenblick zu den Damen, die ihn natürlich ganz genau beobachten. Man muss ja zeigen, was man hat.

Im Bund seiner weißen Shorts steckt ein Päckchen HB. Der Stellvertreter hält sich erkennbar für unwiderstehlich. Und wenn das Hausfrauenkränzchen am Morgen mit den Plastikblumen-Badekappen vorsichtig im Brustschwimmstil mit hochgerecktem Kopf das Becken quert, ist er tatsächlich der Hahn im Korb. So hat er es am liebsten.

Er darf so manchen Rücken mit rostrotem Sonnenöl einreiben und grinst dabei anzüglich. Die Ehemänner der Hausfrauengruppe sind bei der Arbeit. Zum Glück. Und die Kinder werden in den Ferien am Morgen entweder aus dem Becken gejagt oder zu Anstand und Ruhe verpflichtet. Wehe, ein Spritzer trifft eine Badekappe. Dann gibt's Ärger mit dem Stellvertreter. Er plustert sich ordentlich auf, drückt den Rücken durch, zieht die kleine Plauze ein, schaut gebieterisch durch die Pilotenbrille und sieht ein bisschen aus wie ein dicker, brauner Hahn ohne Federn.

Die Damen tuscheln hocherfreut wie 14-jährige Schulmädchen. Es ist für sie eine Beschwörung der eigenen Kindheit, die die meisten von ihnen nicht hatten, weil der Krieg dazwischen gekommen war. Da war keine Zeit für Kindheit, und danach waren alle nützliche Teilchen des Aufbaus, der keine Ausgelassenheit duldete.

Mit der geordneten Freibadwelt, in der jeder Gedanke an die Nachkriegszeit hinter fröhlicher Selbstvergewisserung unter der Überschrift „Wir sind wieder wer" verscheucht wird, wollen wir nichts zu tun haben. Während das Kreischen der Kinder durch Zaun und Hecke schallt, die den Platz vor dem Transformatorhäuschen vom Freibad trennen, richten sich auf unserer Wiese die Gruppen ein.

Die 13-, 14-Jährigen sitzen unter sich, schauen scheu und sind froh, wenn sie überhaupt jemand zur Kenntnis nimmt. Da sind sie wie ich, obwohl ich schon 15 bin. Alle rauchen ständig selbstgedrehte Zigaretten aus Drum- oder Samson-Tabak, den sie in Holland gekauft haben, weil in Goch jeder Geschäftsinhaber weiß, dass sie zu jung zum Rauchen sind und ihnen nichts verkaufen würde. Zum Glück ist die Grenze nah. Sie unterhalten sich mit Kennermiene über Jimi Hendrix.

Das haben sie mit den anderen Gruppen auf der Wiese gemein, weil in diesem Sommer Woodstock über unsere Stadt gekommen ist – im Kino, aber alle glauben ernsthaft, sie seien wirklich dabei gewesen, weil der Film sie mitten hineingetragen hatte. Im Kino trugen sie blaue Stirnbänder mit der Friedenstaube darauf und dem Gitarrenlogo und einige trugen bunte Jacken oder Westen.

Die blauen Bänder hat der Kinobesitzer verteilt, weil der Filmverleih und sein Sohn Wolfgang das zu Recht für eine gute Idee hielten, und die bunten Jacken haben Mütter gegen den Protest ihrer Ehemänner genäht. So viel Hilfe durfte dann doch sein, auch wenn damit die Grenzen des guten Geschmacks und der mindestens ebenso guten Gesellschaft deutlich überschritten wurden. Das wurde im Stillen der Jugend und ihren Verirrungen gutgeschrieben. Wir waren schließlich alle mal jung. Ja, ja.

Dass Woodstock schon zwei Jahre her ist und dass Jimi Hendrix vor einem Jahr gestorben ist, stört niemanden. Hier beginnt er gerade zu leben. In der Provinz ist das so, es ist alles ein bisschen später. Aber es ist auch nicht so wichtig, wann etwas passiert. Hauptsache, es passiert. Es passiert ja sowieso nicht viel. Das kann ich euch sagen, denn ich weiß es. Es hat sich nie geändert. Es ist das Gesetz der Provinz. Das habe ich gelernt.

Die Gruppe der 13-, 14-Jährigen hat keinen richtigen Mittelpunkt. Alle hoffen, bald zu den Größeren zu gehören. Sie wissen nur nicht genau, wie sie das anstellen sollen. Sie denken mit einiger Berechtigung, dass es wohl irgendwann von allein geschieht. Aufnahmeprüfungen oder formelle Versetzungen wie in der Schule gibt es ja nicht. Am Ende entscheidet die Gunst des Geburtstages, der im Laufe der Zeit immer weiter zurückliegt und damit eine immer bessere Zahl wird.

Die Größeren und Älteren, die im deutlichen Bewusstsein der Gnade ihres früheren Geburtstags stehen, haben ihre zentralen Figuren, die wie Chefs behandelt werden, zu denen alle aufblicken und deren Meinung Gesetz ist. Natürlich sitzen die Chefs

stets in der Mitte, und die Jünger nach Rangordnung um sie herum, fast wie auf alten Bibel-Bildern,
in denen die Propheten in der Mitte sitzen (war das
nicht beim letzten Abendmahl ebenso?). Leider
habe ich kein Anschauungsmaterial.

Hier wie dort gilt das Wort des Propheten. Wenn
die Chefs sagen: Jimi Hendrix spielt gleichzeitig
Bass und Leadgitarre, dann ist das so. Nachfor-
schung zwecklos, Widerspruch ausgeschlossen.
Und wenn sie sagen, dass jeder Hermann Hesse
(nur so zum Beispiel) lesen muss, dann lesen alle
Hermann Hesse. Ich fand Hermann Hesse langweilig und versponnen. Aber ich hütete mich, das zu
sagen. Wahrscheinlich hätte es ja auch niemanden
interessiert.

Einer, schon erwachsen, kommt gelegentlich wie
zu einer Audienz. Er reist zur späten Nachmittags-
zeit mit seiner Honda Dax an, weil er lange schlafen
muss und über die Welt nachdenken, bevor er sich
ihr präsentiert, hat richtig lange Haare und einen
ordentlich fusseligen Bart. Er stammt aus Berlin
und ist an den Niederrhein gekommen, um bei der
Bundeswehr in einem Bunker an elektronischen Ge-
räten zu arbeiten, obwohl Berliner eigentlich gar
nicht zum Bund müssen. Er ist geblieben, und weil
er wirklich alles weiß über Musik, Bücher (nicht nur
Hermann Hesse) und Kunst, und weil seine Berliner Schnauze allen zeigt, wer hier aus der Weltstadt
kommt, hängen alle an seinen Lippen, wenn er die

großen Geheimnisse der Menschheit enthüllt. So einer hat hier gefehlt.

Er sagt, dass es eines Tages ein Netz aus Elektronengehirnen geben wird, das die ganze Welt umspannt und alle miteinander verbindet. Das glaubt ihm natürlich kein Mensch, aber es bestreitet auch keiner. Könnte ja sein, dass er bessere Informationen hat – aus dem Bunker, aus seinen Büchern oder aus Berlin. Wenn er für die Jüngeren ein gutes Wort oder nur einen Gruß hat, dann glänzen deren Augen tagelang.

Paul, ebenfalls erwachsen, weiß vielleicht nicht so viel über Musik und Elektronengehirne, aber er fährt einen ehemaligen Leichenwagen und war damit schon in Marokko. Das ist für die meisten so unvorstellbar weit weg, dass er auch einer der Stars auf der Wiese ist. Er ist ständig high, und die Mädchen – wir nennen sie Frauen – finden seine dunklen, ein bisschen schläfrigen Augen unheimlich anziehend. Es sieht immer so aus, als wenn er sie von unten anschauen würde, ein kleines optisches Kunststück. Das macht sie ganz zappelig.

Er trägt silberne Ringe an vielen seiner langen Finger, die wie die Finger eines Pianisten aussehen – eines Pianisten mit reichlich Dreck unter den Nägeln. Die Fingernägel sind lang – etwa so lang wie bei den klassischen Gitarristen, die allerdings nur die Nägel an der Zupfhand (nennt man das so?) lang wachsen lassen. Paul hat an beiden Händen lange Nägel. Er trägt eine bestickte Weste, schwarz und bunt – natürlich aus Marokko und nicht aus mütterlicher Herstellung, über seine Eltern ist nichts bekannt. Und in seinem Leichenwagen stehen neben der Matratze Trommeln mit einem Körper aus Ton.

Bei den älteren Gymnasiasten dreht sich alles um Georg. Er ist der Sänger einer Band, die in der Schule probt, und es ist nicht zu übersehen, dass Mick Jagger sein großes Vorbild ist. Tatsächlich ist er genauso dünn, und die Farbenpracht seiner Kleidung lässt wenig zu wünschen übrig. Er sieht immer so aus, als müsse er gleich auf die Bühne. Die enge rote Hose steckt in hohen schwarzen Stiefeln, über den schmalen Schultern hängt selbst im Sommer ein fast bodenlanger Mantel, wie ihn Ian Anderson von Jethro Tull trägt, der mit angezogenem Knie auf der Querflöte Gitarrenriffs spielt und auch ein großer Held dieser Jahre ist.

Gekauft hat Georg den Mantel im Theaterfundus der Kreisstadt Kleve. Das verrät er aber nicht. Die anderen vermuten manchmal laut, der Mantel stamme aus London. Da widerspricht er nicht. Die Gymnasiasten diskutieren schon mal über Politik, und dann gucken sie ganz wichtig. Sie reden dann von außerparlamentarischer Opposition und von Rudi Dutschke. Nicht nur Woodstock kam hier ein bisschen später an.

Sie finden, dass der Schriftsteller Günter Grass ein Schleimer ist, weil er sich an die SPD ranwirft, die ohnehin seit Jahren dabei ist, die Arbeiterklasse zu verraten. Bei einem Werbeauftritt von Grass für die SPD in der Aula der Schule sind ein paar von ihnen auf die Bühne gesprungen und haben Parolen gerufen. Der Auftritt ist geplatzt, und sogar die Zeitung hat darüber geschrieben. Der Schuldirektor war außer sich.

Er ließ die ganze Oberstufe antanzen und hielt eine Stunde lang einen Vortrag über die Vorzüge der humanistischen Bildung und das Grauen der Anarchie. Er schaute streng wie die Wandbilder der alten Philosophen, die Stirn furchten zornige Falten, und leise bebte seine dunkle Stimme. Die Gymnasiasten hockten stumm und ergeben, den Blick artig und schuldbewusst zu Boden gerichtet. Für 60 Minuten waren sie gehorsame Schüler und keine Revolutionäre.

Am Nachmittag aber blätterten sie auf der Wiese in ihrer roten Mao-Bibel, damit es jeder sieht. Ich bin sicher, dass sie niemals richtig in dem Büchlein gelesen haben. Ich hab's mal versucht und einfach irgendwo aufgeschlagen.

Da stand: Das Gewehr gebiert die Macht. Man kann die Welt nur mit der Hilfe des Gewehrs umgestalten.

Ob das die Friedensjünger vom Gymnasium wussten, die sich das Peace-Zeichen auf ihre Schultaschen gemalt hatten?

Haro ist noch ein junger Kerl, ungefähr in meinem Alter. Aber er kann mächtig austeilen, und selbst 18-Jährige fürchten sich vor ihm. Er kennt nämlich keine Angst, dafür fehlt ihm die Fantasie, und er ist von seinem Vater, dem Gärtner, schon so oft verdroschen worden, dass ihm Schläge nicht wehtun. Sein Anhang umgibt ihn mit vorsichtigem Respekt, denn man kann leicht das Falsche sagen, und dann wird Haro ziemlich ungemütlich.

Untereinander rivalisieren seine Anhänger auf eine sehr männliche Art um ihren Platz in der Rangliste. Sie raufen, mal spielerisch, mal halbernst, mit dem Reden haben sie es nicht so. So richtig gern sind die anderen auf der Wiese nicht mit ihnen zusammen, es riecht immer nach Krach. Aber aus dem Weg gehen kann man sich in einer Kleinstadt eben nicht. Nur wenn man zu Hause bleibt. Aber wer will das schon?

Deshalb lagern alle auf dieser Wiese, solange es nicht regnet, wie ein Querschnitt des Orts, der bei aller Zufälligkeit wie eine Gemeinschaft aussieht. Sie lassen den Tag vergehen mit Rauchen, Musik aus leiernden Kassettenrekordern, deren Batterien nach spätestens drei Stunden schlapp machen, und Gesprächen, die sich um Rockmusik, Fußball und manchmal Schule drehen. Die stärkste Klammer ist die Musik, die so anders klingt als all das, was die Eltern hören oder was sie auch nur hörenswert finden. In der Musik liegt die Hoffnung, einen entscheidenden Schritt aus den festen Fügungen zu tun, aus vorherbestimmten Bahnen, hinein ins Bunte, Freie, jedenfalls Neue.

Ebenso wie die Musik und ihre Wirkung schliert dieser Wunsch am Rande des Bewusstseins. Und auch deshalb wird darüber so wenig gesprochen, sondern viel mehr gefühlt. Vielleicht ist es mir darum so klar.

Der ehemalige Soldat hat mal ein altes Berliner Lied zitiert, das die Tage am Transformatorhäuschen äußerlich ganz gut zusammenfasst: So ham wir doch nen Tag verbracht, nen Tag voll Müh und Sorjen. Und ham wir auch nicht viel jemacht, so ham wir doch den Tag verbracht. Den Rest, den mach mer morjen.

So war das auf unserer Wiese in diesem Sommer 1971.

Da wusste ich noch nicht, dass ich bald sterben würde.

*

Die meisten werden sich an mich nicht erinnern. Einmal, weil ich schon so lange tot bin. Und zum anderen, weil ich nie so richtig viel geredet habe. Ich traute mich nicht, und wahrscheinlich hätte ohnehin niemand zugehört. Ich wurde einfach übersehen.

Ich heiße Reginald. Diesen seltsamen Namen verdanke ich meinem Stiefvater, der mich als Säugling adoptiert hat. Meine richtigen Eltern habe ich nie kennengelernt. Meine Geschwister haben auch so komische Namen – Altfrid, Tillmann, Fürchtegott und Elsbeth. Ich bin nie mit ihnen warm geworden. Sie waren viel älter als ich, spielten Instrumente, Spinett, Geige und Flügelhorn, sie malten, sie lasen dicke Bücher mit schlauen Titeln und unterhielten sich über Bachs Fugen. Ich las Comics mit der Taschenlampe unter der Bettdecke, damit mein Vater mich nicht erwischt, weil ich ja schlafen sollte, um ausgeruht in die Schule zu kommen. Und ich hörte Beatles und Stones und Joe Cocker, vor allem Joe Cocker. Allerdings nur, wenn mein Vater nicht zu Hause war, denn da stand „der Krach", wie mein Alter sagte, auf dem Index.

Mein Vater war Küster und Chorleiter in einer katholischen Kirche. „Neije Kerk" nannten sie die Gocher. Die alte stand im Stadtzentrum, die neue jenseits der Bahngleise, die das Städtchen in Stadt und „gönne Kant" trennten. Die östlichen Ortsteile, die gönne Kant jenseits der Gleise, waren für den wahren Gocher weit weg. in einem anderen Land. Das verstanden wir von der gönne Kant nicht, denn so weit war es ja tatsächlich nicht.

In einem anderen Leben ist mein Vater Mönch gewesen, die Tonsur trug er noch, der Haarkranz allerdings fiel ihm längst über den Kragen. Er fand wohl, dass es künstlerisch aussah. Für einen Künstler hielt er sich auf jeden Fall. Seine Liebe galt der Kirchenmusik und Reisen in exotische Länder. Exotisch war damals alles außer Holland und Österreich. Nur in die Sowjetunion wollte er nicht. Von

Russland hab ich genug gesehen, sagte er. Erst ein paar Jahre nach dem Krieg entließen sie ihn aus der russischen Gefangenschaft. Mehr habe ich über seine Kriegsjahre nie erfahren.

Vom Krieg erzählte nur einer der Volksschullehrer, als die Volksschule noch nicht in Grund- und Hauptschule aufgelöst worden war. In die Volksschule gingen alle bis zur achten Klasse. Als 1967 die Hauptschule mit der neunten Klasse eingeführt war, wechselten einige nach der vierten Klasse in die Realschule, andere aufs Gymnasium. In den Genuss der Kriegsgeschichten waren sie ungeachtet ihrer weiteren Laufbahn schon gekommen.

Der Lehrer war ein uralter Mann mit weißen Haaren und unangenehmen Angewohnheiten. Er schlug sehr gern zu, und zu seinen Lieblingsspielchen gehörte, plötzlich hinter einem aufzutauchen, das rechte Ohr zu fassen und langsam zu drehen, bis man kerzengerade vor dem Stuhl stand. Mit einer Ohrfeige warf er einen auf den Stuhl zurück. Das kommt vom Schwätzen, sagte er, selbst wenn niemand nur ein Wort gesagt hatte. Im Krieg, sagte er, war alles viel schlimmer, da hatte keiner Zeit zum Schwätzen, da wurde gehorcht.

In die Kirche ging der Lehrer natürlich, schließlich arbeitete er an einer katholischen Schule. Vielleicht holte er sich da Vergebung für seine Sünden in der Klasse. Vielleicht hielt er seine Prügelei aber nicht mal für eine Sünde, sondern für seinen Beitrag zu Gottes Werk. Befragt haben wir ihn nicht, darauf wären wir nicht gekommen, und unsere Eltern hielten seine Erziehungsmethoden bestimmt für zeitgemäß oder zumindest für angebracht. Beschwert haben wir uns zu Hause nicht über ihn. Wahrscheinlich hätten wir noch was hinter die Ohren bekommen. Lehrer hatten schließlich immer Recht, und kleine Züchtigungen konnten nicht schaden. Dieses Gesetz galt nach wie vor.

Der wesentliche Beitrag meines Vaters zu Gottes Werk war das Orgelspiel, er bekleidete als Organist eine der Hauptrollen in der Gemeinde, und er hatte von seinem Platz an der linken Seite des Mittelschiffs der Kirche die Liturgie im Griff oder zumindest im Blick. Dazu hatte er auf der Empore über dem kleinen Seitenschiff mit der Pietà einen ehemaligen Rasierspiegel so angebracht, dass er sehen konnte, wenn der Priester soweit war und die Orgel zum Einsatz kommen sollte.

Es war übrigens eine elektrische Orgel, für eine Orgel mit echten Pfeifen und Gebläse wie in der alten Kirche hatte die Gemeinde auf der gönne Kant kein Geld. Mein Vater drosch dennoch mit einer Inbrunst auf die Tasten, und er trat so kraftvoll auf die Pedale, als wenn er die Orgel in der Kevelaerer Basilika bedienen würde, von der er so oft erzählte. Wir hörten sie einmal im Jahr, wenn es mit der Pfarrgemeinde zur Fußwallfahrt zur Gnadenkapelle ging.

Die Kapelle erinnerte daran, dass hier die Muttergottes einem Händler namens Hendrick Busman im 17. Jahrhundert den Auftrag gegeben haben soll, ihr an dieser Stelle ein Kapellchen zu errichten. Zur Bekräftigung dieses Wunsches soll Busmans Frau Mechel einen Monat vor Pfingsten eine Lichterscheinung gehabt haben. Das Konzil von Venlo fand die Erzählung glaubwürdig und machte Kevelaer 1647 zum Wallfahrtsort.

Das hatten wir nun davon. Gut zehn Kilometer schleppten wir uns mehr schlecht als recht hinter der Gemeindefahne, dem Kreuz und dem Vorbeter und Tausenden von „Gegrüßet seist du Maria" her. Damals war Maria noch „gebenedeit unter den Weibern" und der Herr war wie heute mit ihr, da sie inzwischen „gebenedeit unter den Frauen" ist, was immer dieses oder jenes zu bedeuten hat. Wir dachten nicht darüber nach. Wir murmelten nur leise mit. Die Bäume am Straßenrand waren stumme Zeugen unserer Leiden und Gebete.

Wenn wir Glück hatten, verzog sich die Sonne hinter ein paar kühlende Wolken, die sich zu weißen Gebirgen am Himmel auftürmten. Wenn wir Pech hatten, wurden die Gebirge dunkler und gossen reichlich Wasser über uns aus. Wir zogen die Kapuzen über der Regenjacke fest über den Kopf, der Regen rann in kleinen Bächen über die Jacke in die Hosenbeine. Nie sehnten wir uns mehr nach den kurzen Hosen der Kindheit zurück. Für den Rückweg durften wir den Zug nehmen.

In einem Café gab es vorher zum Ausgleich für die übermenschlichen Qualen auf der Landstraße einen Kakao. Meine Mutter bekam einen Kaffee. Brote hatte sie zu Hause geschmiert. Ich erinnere mich, dass die Brote nach dem langen Marsch immer ein bisschen verbogen waren, und dass es niemand komisch fand, die Stullen am Tisch im Café zu mümmeln und nur die Getränke zu bestellen. Das haben wir von den Holländern gelernt, sagte meine Mutter, die kämen nie auf die Idee, etwas zu essen zu bestellen, wenn sie dafür bezahlen müssen. Ich hielt das für eine Legende, dadurch passte es allerdings gut in diese Stadt mit den vielen Cafés, den Schmuck- und Andenkengeschäften, alles ein bisschen Geld gewordene Legende.

Trotz seiner Begeisterung für die Kevelaerer Orgel ging mein Vater nie mit. Er hielt sich daheim für unentbehrlich – auch bei den frühen Messen an Werktagen in der neuen Kirche. Er war so etwas wie der Spielleiter in diesem kleinen, sehr überschaubar besetzten Theater. Nur einmal hat er seinen eigenen Einsatz in der alltäglichen Inszenierung verpasst. Da war einer der kleinen Messdiener, der sich noch nicht so auskannte, in der Frühmesse vor der Wandlung zum Tabernakel marschiert, um dort die Hostien abzuholen.

Er hatte in vielen Gottesdiensten gesehen, dass die Priester das immer machen, und übersehen hatte er, dass der Priester den Kelch selbst schon lange auf den Altar gestellt hatte. Also beugte der Kleine brav das Knie und hatte die Hand fast schon am Schrein, als mein Alter nach entsetztem Blick in seinen Rückspiegel das Orgelspiel einstellte und in den fast leeren Raum rief: Jung, wat machst du da? Im Schrecken verlor sich sogar das Hochdeutsch. Der alte Hondong und zwei, drei Betschwestern, die jeden Morgen die Messe besuchten, waren einer verheerenden Ohnmacht ganz nah. Ihr Keuchen erfüllte den hohen Raum. Nur mit großer Willenskraft hielten sie sich auf den Beinen.

Und es wurde tatsächlich überlegt, ob die Kirche neu geweiht werden musste, weil sich ungeweihte Hände auf heilige Schreine gelegt hatten. Schließlich entschieden die Augenzeugen nach intensiver Beratung und dem Abgleich ihrer Erlebnisse, dass sich die ungeweihten Hände eben nur fast auf den heiligen Schrein gelegt hatten.

Darum durfte der Weihbischof in Münster bleiben. Es wurde ihm auch lieber nichts davon erzählt. Die Betschwestern gingen noch einmal zusätzlich zur Beichte, weil sie beinahe ein großes Vergehen mitangesehen hatten. Was das für seine Sünde war, wussten sie aber selbst nicht. Zur Buße mussten sie zwei „Vater unser" und vier „Gegrüßet seist du Maria" beten, weil auch der Pastor hinter dem Gitterfenster im Beichtstuhl ziemlich erleichtert war.

Es hätte schlimmer kommen können, da war sich das kleine Gottesvolk in der „Neije Kerk" einig. Mit gereinigter Seele gingen die Betschwestern nach Hause zum Nachmittagskaffee. Das Stückchen Kuchen schmeckte gleich viel besser. Am Abend lud sich der Pastor auf ein Gläschen Likör ein – oder auf zwei, meistens auf zwei, denn auf einem Bein kann man ja nicht stehen.

Zu den Reisen meines Vaters durften wir Kinder nie mit, nur meine Mutter begleitete ihn dann und wann. Wenn er zurück war, mussten wir dafür seine Diavorträge über uns ergehen lassen – oft mit Musik vom Tonband unterlegt, meistens selbstverständlich Kirchenmusik oder Orgelmusik. Seine Liebe zur Kirchenmusik teilten meine Geschwister möglicherweise, sie taten zumindest so, wenn er dabei war, ich jedoch nicht. Ich teilte die Liebe nicht, und ich tat auch nicht so.

Ich werde für dich beten, sagte er. Das half aber auch nicht. Mir nicht, ihm vielleicht. Das kann ich nicht beurteilen.

Dennoch musste ich bis zum Stimmbruch in seinem Knabenchor mitsingen – Choräle und andere Kirchenlieder. In der Kirche sangen wir sie zu hohen Festen, dabei trugen wir lange weiße Gewänder mit zwei roten Längsstreifen, die von den Schultern bis zum Boden reichten. Für die Besucher der Messen und Vespern waren wir eine richtige Sehenswürdigkeit.

Ob wir uns auch gut anhörten, kann ich nicht beurteilen. In seinem Schreibtisch bewahrte mein Vater einen Zeitungsausschnitt, der den Vortrag der „Singknaben" in den 50ern würdigte. So lange machte er das schon.

Da hieß es: Wer ihnen einmal beim Probesingen zugehört hat, der hat eine doppelte Freude erlebt, einmal die an ihrem frischen, natürlichen Wesen und dann die Freude an der schönen Disziplin, mit der sie ihrem Chorleiter folgen, jene Disziplin, die das Singen im Chor von jeder einzelnen Stimme, ja, vom ganzen Menschen fordert. Der Organist ist ihnen dabei ein guter Lehrmeister.

Er las es mir jedes Jahr mindestens einmal vor. Wahrscheinlich, weil es bei mir mit der Disziplin nicht so weit her war. Und mit dem Gefühl für Musik auch nicht. Das muss wohl an der fehlenden Erbmasse liegen. Diesen Mangel hatte er mit adoptiert, und es ärgerte ihn. Das wiederum verschaffte mir eine bescheidene Genugtuung. Ich freute mich, wenn er sich ärgerte.

Geprobt wurde meist in unserem Wohnzimmer, in dem auf wunderliche Art neben den übervollen Bücherregalen mit den Bildbänden aus allen Teilen der Welt, den gesammelten Werken von Goethe, Schiller, Keller und Fontane, den Blumenvasen, Sesseln und Beistelltischchen doch noch Platz war für acht bis zehn Jungs. Ich musste in Reichweite des Alten rechts vom Klavier sitzen, damit er mir rasch eine kleben konnte, wenn ich falsch sang, wenn ich hinter seinem Rücken mal wieder Grimassen geschnitten hatte oder einfach für alle Fälle. Irgendetwas war ja immer.

Die anderen lachten darüber oder schauten verlegen weg – je nachdem. Zur Strafe habe ich ihnen ein paar hinter die Ohren gehauen, wenn der Alte mal pinkeln gehen musste. Oder ich habe mir gemerkt, wer am lautesten lachte. Den hab ich mir dann vor den Übungsstunden auf dem Kirchplatz vorgenommen und unter den Hintern getreten. Darin war ich ganz gut. Zu einer Karriere als Fußballer reichte es trotzdem nicht. Den Ball traf ich schlechter als die Hintern der kleinen Jungs. Sie sprangen auch nicht so hoch.

Meist aber fraß ich meinen Ärger über meinen Vater und all die kleinen, frechen Jungs in mich hinein. Viele kamen wie ich in den Stimmbruch, deshalb waren sie für den Chor untauglich und wurden Messdiener, damit sie im Sommer für kleines Geld in ein Zeltlager in der Eifel geschickt werden konnten, während die Eltern auf Mallorca oder Rimini am Strand lagen. Da musste ich selbstverständlich auch mit. Und Messdiener war ich schließlich ebenfalls.

Großen Spaß machte es mir nicht, das Zeltlager nicht, der soldatische Ton, die immer klammen Schlafsäcke, die Nachtwachen am Lagerfeuer, zu denen Käuzchen und andere Raubvögel eine beängstigende Geräuschkulisse abgaben, die Katzenwäsche morgens im eiskalten Bach, der Donnerbalken über dem übelriechenden Loch, das von Tausenden Fliegen bewohnt wurde, das Messedienen und das Verprügeln von kleinen, frechen Jungs eigentlich auch nicht. Und wenn die Jüngeren bei meinem Alten oder beim Kaplan petzten, bekam ich

Hausarrest, und mein Vater nahm mir die Comics weg. Keine Ahnung, woher er wusste, dass ich welche besaß und dass ich sie im Nachttisch aufbewahrte. Es war wohl kein so schlaues Versteck.

Wenn manche meiner Messdiener-„Kollegen" auf der Wiese am Freibad auftauchten, war es mir peinlich. Sie riefen: Hallo, Reginald. Ich wusste nicht, wo ich hinschauen sollte. Entschuldigend sah ich dann zu den Anderen, wie um sie und mich zu vergewissern, dass wir mit denen nichts zu tun haben wollten. Aber das interessierte offenbar außer mir auch niemanden.

Ich bemühte mich nach Kräften, wenigstens tüchtig zu rauchen, mit tiefer Stimme zu sprechen, und, wenn ich überhaupt mal angesprochen wurde, mein Wissen über Joe Cocker auszubreiten. Er trinkt beim Auftritt eine Flasche Whisky, sagte ich, damit er die Töne trifft und ordentlich schreien kann. Ich hielt das für eine ziemlich wesentliche Information. Die anderen anscheinend nicht.

Wenn auf der Wiese Haschisch geraucht wurde, und es wurde viel geraucht, war ich in der Regel außen vor. Ich habe mich nie getraut zu fragen, ob ich mal ziehen darf. Eingeladen wurde ich nicht, und ich wusste nicht, wie man das anstellen muss, wenn man ein bisschen Hasch kaufen will. Außerdem wusste ich nicht, wo ich es zu Hause verstecken sollte. Mein Alter hatte die Augen überall, vor allem in diesem Sommer. Denn er war nun Rentner.

Einmal habe ich in einer der Tonpfeifen, die ich vom Martins-Weckmann aufbewahrt hatte, ein bisschen Muskatnuss geraucht, weil das angeblich auch high machen sollte. Ich bekam allerdings nur Kopfschmerzen und mir wurde schlecht. Die Muskatnuss habe ich wieder im Küchenschrank verstaut, wo ich sie zuvor entwendet hatte.

Ein anderes Mal habe ich bei Franz Verbeet eine Tablette für zehn Mark gekauft – ein Vermögen, zehn Päckchen Zigaretten! Er tat vertraulich und hielt mir die Pille hin. Sie war weiß. Er flüsterte, das ist LSD, und das ist viel toller als Hasch, du siehst bunte Bilder. Es ist wie Träumen, nur viel besser.

Ich nahm die Tablette und steckte sie in meinen Brustbeutel. Ich erinnere mich bis heute, wie er wegging und mit den anderen Kerlen lachend die Köpfe zusammensteckte. Argwöhnisch wurde ich trotzdem nicht. Das kam erst später. Ich war wie die Kleinstadt, bei mir dauerte alles ein bisschen länger.

Am Nachmittag nahm ich den Trip zu Hause in meinem Zimmer. Ich dachte an die Musik von Joe Cocker und wartete auf die Bilder. Eine halbe Stunde, eine Stunde, zwei Stunden. Vergeblich. Nicht einmal Superman sah besonders bunt aus in seinem Heft, jedenfalls nicht bunter als sonst. Abends schlief ich im Wohnzimmer vor dem Fernseher ein. Bunte Träume hatte ich auch da nicht. Wahrscheinlich hatte ich eine Schlaftablette genommen, die Franz Verbeet seinen Eltern aus dem Medizinschränkchen im Badezimmer gestohlen hatte.

Ich habe lieber niemandem davon erzählt. Meine Drogenkarriere endete damit ziemlich abrupt.

In diesem Sommer habe ich mich dafür geschämt, weil die Drogenkarrieren der anderen so richtig Fahrt aufnahmen, und weil es schick war, mit seinen Erfahrungen anzugeben. Sie waren ein Zeichen dafür, dass man dazugehört, ein „Freak" war. So nannten wir uns. Heute weiß ich es besser. Einige von denen, die mich nicht mitrauchen ließen, sind nicht lange nach mir in die ewigen Jagdgründe eingegangen.

Berg zum Beispiel. Er klaute seinem Vater das Geld für Hasch aus der Kasse des Tabakladens. Und als es das Haschisch und die Trips irgendwann nicht mehr taten, als die Neugier auf andere Drogen wuchs, weil das große Loch im Inneren immer dunkler wurde, brach er Autos auf und verkaufte Kassettenrekorder und Radios. Von dem Geld kaufte er Heroin, „Sore" nannten sie das, rauchte es zunächst und pumpte sich später das Gift in den Arm. So schaltete er die Welt ab, die ihm im einigermaßen wachen Zustand nur zuverlässig Angst machte, was er natürlich keinem je verraten hat.

Auf der Wiese hatte er sich bei den Größeren mit dem Geld aus dem Laden und einem kleinen Zigaretten-Schwarzhandel eingeschleimt. Die Kleineren strafte er mit Missachtung, und weil er selbst schwächlich und klein war, ließ er sie manchmal von Haro verhauen, der dafür natürlich auch ein paar Mark bekam, dem das aber auch keinen großen Spaß machte, so dass er irgendwann damit aufhörte. Das waren schließlich keine Gegner.

Berg hing lange an der Nadel, da bewies er eine erstaunliche Ausdauer. Sein ohnehin mageres Gesicht bestand bald aus Knochen, über die eine Art Pergament gezogen war. Die Augen saßen in tiefen Höhlen, die Gesichtsfarbe war grau mit kleinen, roten Pickeln. Und als er den ewigen Kreislauf aus Draufsein, kurzem Entzug und wieder Angefixtwerden nicht mehr aushielt, fuhr er zusammen mit seinem Kumpel Udo ein Auto vor den Baum. Sie waren beide sofort tot.

Ich habe das Bild von dem brennenden Auto schon in diesem Sommer gesehen, ganz kurz und zunächst mal ohne Zusammenhang wie in einem Vorschaufilm. Ich sah Bergs tote Augen und fühlte die Eiseskälte, die um Udo florte. Aber ich wischte die Bilder davon, weil ich sie nicht mit der Wirklichkeit zusammenbringen konnte. Das konnte ich erst, als ich mich selbst davongemacht hatte und sah, was aus ihnen wurde.

Als Berg und Udo das Auto vor den Baum setzten, war ich schon nicht mehr auf dieser Welt, und es hatte sich herumgesprochen, dass eine Drogenkarriere nicht zu den erstrebenswerten Lebensläufen gehört. 1971 wollten wir davon nichts wissen, auch wenn ein Blick auf unsere musikalischen Helden etwas anderes erzählt hätte. Haschisch war die

Kleinstadt-Droge dieses Sommers. Es war unser Summer of Love – selbst der kam vier Jahre zu spät.

Ich kam sogar an meinem letzten Tag zu spät. Ich stand auf unserer Seite an der Kalkarer Straße und wollte rüber zur Konditorei, wo es das weltbeste Vanille- und Schokoladeneis gab, übrigens auch den besten Streuselkuchen und den besten Krapfen – außen knusprig mit reichlich Zucker, innen saftig weich mit Rosinen. Vor meinem Auge tanzte eine Waffel mit zwei Eiskugeln und Sahne. Mehr sah ich nicht. Auch nicht den Sattelschlepper, der von der Bahnhofstraße kam.

Es war ein vielleicht unglückseliges, aber immerhin sehr präzises Zusammentreffen zwischen dem Lastwagen und mir. Ich spürte gar nichts, die Hupe aber höre ich bis heute, und ich bedaure, dass es zum Eis nicht mehr gereicht hat. Krapfen stelle ich mir immer wieder vor, ich kann sie beinahe schmecken. Beinahe, das ist die Qual in meinem Zustand, von wegen Himmel und Paradies. Es ist eher wie bei der alten Geschichte von Tantalos, der für seine Sünden büßt, indem er bis zum Kinn im Wasser steht, jedoch seinen Durst nie stillen kann, weil das Wasser zurückweicht, wenn er den Kopf senkt. Über ihm hängt der Zweig eines Obstbaums, der nach oben schnellt, wenn er danach greift. Die Geschichte hat mir mein Vater erzählt. Ich fand sie ziemlich grausam. Das sollte ich auch.

Bevor ich so richtig verstanden hatte, was nach dem Zusammenstoß mit dem Laster geschah, bewegte ich mich auch schon in einer anderen Dimension. Glaubt bloß nicht, was sie euch darüber erzählen. Ich schwebte weder über dem Unfallort, noch sah ich mich, irgendein Licht oder den matschigen Haufen, den der Sattelschlepper aus mir gemacht haben musste.

Zunächst zerfiel ich in Milliarden kleine Teilchen und schwebte als Wolke meiner Atome wohl im Raum. Ans Körperlose musste ich mich gewöhnen, ans Zeitlose auch. Es dauerte allerdings nicht lang. Bald fiel mir auf, dass ich nicht über oder unter, sondern in der Welt war, als ein gedachtes Ich ohne eigene Form.

Solche philosophischen Klimmzüge hätte ich als Lebender nie gemacht, hier ist das jetzt ganz normal – für mich jedenfalls. Andere Philosophen habe ich noch nicht getroffen, und ich gebe die Hoffnung auf, irgendwann welche zu treffen. Neue Einsichten würden sie mir sicher nicht vermitteln, so eingebildet bin ich inzwischen.

Obwohl ich von nun an viel mehr ein Gedanke als eine Substanz war, gab es doch Grenzen. Wo Goch endete, da endete auch ich oder das Wesen, das mal ich war. An der gönne Kant zerfaserte meine Welt ebenso wie am Ende der Weezer Straße oder am Nordring und in der Voßheide, manchmal gab es noch eine zarte Ahnung von Asperden und Pfalzdorf, aber schon bis Kessel oder Hülm reichte ich nicht mehr. Da war ich wohl zu selten gewesen. Die Gebietsreform, die (zwei Jahre vor meinem Tod) aus Goch eine größere Gemeinde mit einigen Dörfern machte, konnte ich also nicht vollends mitnehmen – und auch nicht nachholen. Auf dieser ganzen kleinen Welt war ich überall und gleichzeitig, obwohl das nicht der richtige Ausdruck ist, ich hatte ja jetzt keine Zeit mehr.

Die Welt, in der ich mich als Gedanke bewegte, hatte dagegen schon eine Zeit. Ich sah, wie sich die Körper in ihr änderten, die Gebäude wie die Menschen. Deshalb konnte ich der Stadt in der Veränderung genauso zusehen wie denen, zu denen ich gehört hatte, auch wenn ich das nicht wollte, und jenen, zu denen ich hatte gehören wollen, auch wenn die mich nicht wollten.

Ich sah oder fühlte, dass mein Vater vielleicht doch ein besserer Mensch war, als ich immer gedacht hatte. Er bedauerte meinen Tod ehrlich, und in seinem Kopf erkannte ich dunkelgraue Trauer und ein kleines Schuldgefühl. Das war mir peinlich, aber ändern konnte ich es natürlich nicht. Schade.

Einige Jahre lang sah ich am liebsten denen zu, die mit mir am Transformatorhäuschen gesessen hatten. Ich sah, wie sie älter wurden, manche vernünftig, andere nicht. Manchen sah ich beim Sterben zu, das für sie wohl ein langsamer Prozess war, für mich einer von zeitlosem Tempo – wie ein Film im Kino, der einen einwickelt, sobald der Gong ertönt ist und aus der Zeit herauslöst, ehe das Licht wieder angeht im Saal und man sich erst einmal wieder zurechtfinden muss.

Ich hätte sie gerne vor sich selbst gewarnt, aber das ging ja auch nicht. Und mit den Jahren wurde mir immer klarer, dass ich in meinem Tod keine Gesellschaft haben würde. Wenn mir das früher einer erzählt hätte, wäre ich bestimmt tief betrübt gewesen. Als Toter nimmt man es hin. Gefühle gibt es nur als Erinnerung an Gefühle, ausgeliehen aus der Bibliothek des im Vergleich immer viel kürzeren Lebens und nie zurückgegeben. Irgendwann sind sie ein zerlesenes Buch, in dem ich trotzdem immer wieder nachschlage. Ich habe ja kein anderes, aber der Begriff zerlesen taugt auch nur als Bild.

Bei den Musiktiteln in diesem Buch halte ich mich lange auf. Die Melodien sind da, aber nicht als Klang, sondern als Eindruck, als Prägung. Ich lernte, dass jeder von der Wiese eine Melodie hatte, eine Melodie aus dem Sommer von 1971, dem Sommer, in dem sie von ihrer Zukunft träumten, in dem sie in den Fängen der Kleinstadt-Langeweile hingen wie ausgeleierte Bänder an einem Stock, in dem sie nach sich selbst suchten oder nach einer großen Idee und in dem ein Sattelschlepper über die Kalkarer Straße kam.

Kapitel 2 - Hüppie

Band: The Beatles

Lied: A Day in The Life

Hüppie hockt im Schneidersitz auf der Wiese. Den Rücken hat er gekrümmt wie ein Kater, er schaut mehr auf den Boden als in die Welt, die langen schwarzen Haare hängen von den beiden Seiten, die der Mittelscheitel getrennt hat, ins Gesicht mit der dicken Nase und den fleischigen Lippen. Wenn man die Augen sehen könnte, würde man sehen, dass sie blassblau sind wie Leitungswasser. Aber die Augen sieht man nicht, der Vorhang aus Haaren verbirgt sie – meistens jedenfalls. Das ist ihm ganz recht so.

Er trägt eine dunkelbraune Cordhose mit ganz eng geschnittenen Hosenbeinen. Das ist außergewöhnlich, weil die meisten unten ausgestellte Hosen tragen. Manche haben die Jeans aus dem Klever Kaufhof und aus dem Gocher Kaufhaus, sie tragen Marken, die nun wirklich niemand kennt, aber die gehören auch nicht dazu – also die, die Jeans ohne richtige Marken tragen. Jeans und Cordhosen müssen von Wrangler sein. In Goch werden sie bei Hosen Johannes gekauft. Tatsächlich, so heißt der Laden. Hüppies Hose ist von Hosen Johannes. Außerdem ist sie ziemlich kurz, und vor allem, wenn er im Schneidersitz hockt, rutschen die Enden der Hosenbeine hoch bis an die blassen Waden.

Das macht aber nichts, denn Hüppie trägt schwarze Springerstiefel, die locker an die Waden reichen. Gekauft hat er die in Nimwegen bei Jopie. Gebraucht natürlich, wie alles bei Jopie. Dort werden Armee-Restbestände verhökert. Wer modisch auf der Höhe sein will, kauft bei Jopie seinen Parka und eine Armeetasche, in der früher mal die Gasmaske stecken sollte, in die nun ein paar Bücher und Hefte passen, die man zur Schule mitnehmen muss, oder das Brot für die Frühstückspause auf der Lehrstelle. Das ist die Grundausrüstung in diesem Sommer. Wer die nicht hat, der gehört einfach nicht dazu. Auf keinen Fall, nicht einmal, wenn seine Jeans von Hosen Johannes sind.

Hüppie trägt selbstverständlich ebenfalls einen US-Armee-Parka.

Sind da auch Einschusslöcher drin?, fragt Tüllmann.

Klar, sagt Hüppie und zeigt sie vor.

Die sehen aber aus wie Brandlöcher von Zigaretten, sagt Tüllmann und schaukelt seine lange, knochige Gestalt im Sitzen vor und zurück, den Pony bläst er aus der Stirn.

Du bist ein Arsch, Tüllmann!, sagt Hüppie, und du hast keine Ahnung.

Glaubst du im Ernst, die haben ihm in die Manteltaschen geschossen?, fragt Tüllmann.

Lass mich in Ruhe, sagt Hüppie.

Im vergangenen Sommer ist er mal wieder sitzengeblieben, und seither muss er Tüllmann und andere ertragen, die ein, zwei oder sogar drei Jahre jünger sind. Das ist manchmal schwer, meistens ist es schwer. Vor allem, wenn sie wie Tüllmann sind – ziemlich schlau und anstrengend wissbegierig. Schon mal an den falschen Stellen, wie jetzt bei der Erforschung der Einschusslöcher. In der Schule geht er den Lehrern auf die Nerven, wenn er es unlogisch findet, dass Gott im Himmel über uns wacht, wenn doch täglich irgendjemand überfahren oder erschossen wird. Die Lehrer verdrehen die Augen, wenn sie nicht mehr weiter wissen und nehmen einfach jemand anderen dran.

Auf der Wiese geht das nicht. Deshalb muss Hüppie Tüllmann aushalten.

Ich glaube sowieso, dass das alles Quatsch ist. Die ziehen den Toten in Vietnam doch nicht die Klamotten aus, damit sie die in Nimwegen in einem muffigen Laden verticken können, sagt Tüllmann.

Hüppie sagt lieber gar nichts. Er hofft, dass dann irgendwann Ruhe ist.

Da kennt er Tüllmann aber schlecht.

Der setzt nach: Ich glaube, dass irgendein braver Soldat das Ding in der Kaserne von Wyoming oder sonst wo getragen hat. Und als sie ihn nach Hause schickten, damit er wieder aufs College gehen kann oder zur Arbeit in der Autowaschstraße, hat die Armee den Parka an holländische Händler verscheuert. Die haben die Löcher reingemacht, damit wir Idioten darauf hereinfallen.

Ich sag ja, dass du ein Idiot bist, sagt Hüppie dann doch und ärgert sich sofort über sich selbst, dass er wieder darauf eingegangen ist.

Tüllmann triumphiert: Wenn du es bei mir schon erkennst, warum bei dir nicht? Außerdem habe ich keinen Armee-Parka.

Weil deine Alten zu geizig sind.

Ich frag sie gar nicht erst.

Ach, geh anderen auf den Geist.

Hüppie raucht erst mal eine. Tüllmann auch. Er schiebt die Brille mit dem Zeigefinger auf der Nase Richtung Stirn, und er will wieder loslegen. Aber er besinnt sich, so richtig verderben will er es sich nicht, und seine Grenzen kennt er ganz genau.

Er zeigt auf einen bei den 13-, 14-Jährigen. Guck dir mal den an. Der hat nicht einmal ne richtige Jeans, und seine Hose hat eine Bügelfalte.

Der hat ja auch Sonntag, sagt Hüppie, und er grinst dabei.

Der Junge hat tatsächlich Sonntag, und er kommt an Sonntagen nicht ohne Bügelfaltenhose aus dem

Haus – und ohne Messe am Morgen auch nicht.
Diese Sorgen haben Hüppie und Tüllmann nicht.
Deshalb grinsen jetzt beide, weil sie es so gut haben,
weil sie so verwegen sind und vor allem, weil es andere gibt, auf die sie herabsehen können. Das gibt
ihnen ein Gefühl von Gemeinsamkeit. Dazu plärren
die Spatzen in der Hecke ein fröhliches Lied, und
über den Zaun weht dann und wann in einer Wolke
aus Chlor das Geschrei der Kinder im Freibad. Es
ist herzallerliebst.

*

Ich kenne das, denn es war oft so, wenn ich irgendwo auftauchte. Dann fanden die anderen
schnell etwas, was ihnen an mir nicht gefällt, und
das machte sie zum Team – meine dicken Brillen-
gläser, die klobigen Schuhe, das kurze Haar. Ich bot
viele Ansatzpunkte, das machte sie glücklich. Wenn
ich gekonnt hätte, wäre ich über so viel Bedeutung
für das Wohlbefinden der anderen vermutlich stolz
gewesen.

So fühlte ich ihre Blicke allerdings wie lange,
heiße Messer, die sie mir in den Bauch stachen. Ich
rollte mich innerlich zusammen und wurde noch
kleiner. Dem unterentwickelten Selbstbewusstsein
ließen sie die letzte Luft raus wie einem ohnehin
schon schlappen Ballon. Es plärrten auch keine
Spatzen ein fröhliches Lied. Was ich hörte, war eher
ein dunkles Grollen, mehr Vibrieren als Ton, eine
brummende, traurige Erschütterung der Welt, wie

ich sie kannte und fühlte. Das war gar nicht herzallerliebst.

In Gaesdonck auf dem Bischöflichen Gymnasium zogen sie mich damit auf, dass ich die lateinischen Verben nicht kannte und den Ablativ nicht oder nicht so genau, und dass ich keine Ahnung vom Internatsleben hatte.

Das zumindest stimmte, denn ich war ein Externer, ich ging zur Schule und durfte am Nachmittag nach Hause. Also gehörte ich auch da nicht dazu. Das fand ich wiederum nicht ganz so schlimm, und es sorgte auch nicht für ein tiefes Grollen in mir, sondern für eine achselzuckende Gleichgültigkeit, eine Feststellung, eine Tatsache, ohne Bedauern und ohne Freude. Einfach so.

*

Für Hüppie sind alle Gaesdoncker, auch die Externen, arme Würstchen.

Außerdem sind die alle schwul.

Das sagt er ein paar Tage später zu Karlo, der vor einem Jahr von der Gaesdonck geflogen ist, weil er die Andacht geschwänzt und einen Lehrer Arschloch genannt hat. Karlo findet auch, dass alle Gaesdoncker arme Würstchen sind.

Aber schwul sind nicht alle, sagt er, guck mich doch an.

Karlo hat alle zwei Wochen eine neue Freundin, mit der er tagsüber auf der Wiese oder während der großen Pause auf dem Schulhof knutscht. Die Mädchen finden ihn toll, weil er breite Schultern hat und gerade so aus den dunklen Augen schaut, als hätte er schon ganz viel erlebt. Außerdem küsst er angeblich ziemlich gut. Das tuscheln die Mädchen, überprüft wurde es von unabhängiger Stelle natürlich nicht. Es gilt als Tatsache.

Er geht nun jedenfalls aufs Gymnasium in Hüppies Parallelklasse, aber er hat auch darauf keine übertriebene Lust. Das kann wiederum Hüppie verstehen, der selbst die ganze Jagd auf Mädchen viel zu anstrengend findet, das ganze Verbiegen, das lächelnde Gesülze – ja, ja, Middle of the Road finde ich auch irgendwie gut. Oh, Mann. Er will nur seine Ruhe haben, und er kommt am besten mit Jungs aus, die ihm seine Ruhe lassen.

Karlo ist so einer. Zusammen fahren sie oft mit Karlos Kreidler nach Nimwegen, gehen zu Jopie und später ins Extase. Die Buchstaben E-X-T-A-S-E stehen vertikal an der Hauswand, damit auch niemand den Eingang verpasst, drinnen ist es schummerig, rötlich leuchtet die Theke, der ganze kleine Raum ist ein gedämpftes Rot getaucht, fast wie in einer Dunkelkammer. Da wird Soul gespielt, und natürlich wird gekifft – wenn nicht drinnen, dann vor der Tür, auf dem Parkplatz nebenan oder im Coffee-Shop. In Holland ist das ja erlaubt oder mindestens nicht verboten, was schon ein großer Unterschied zu Deutschland ist und was dazu führt, dass Hüppie und Karlo nicht die einzigen deutschen Besucher in Nimwegen sind.

Wer vom Kiffen Hunger bekommt, der geht ins Automatic. Dort liegen Frikandel, Bamischeiben und Kroketten hinter kleinen Glasfenstern, die ganze Wand ist voll mit diesen Glasfenstern. Man wirft 35 oder 40 Cent in den Schlitz neben dem Fenster, dann entriegelt die Tür, man kann das Fenster am Griff herunterziehen und sich die leckere Schweinerei in den Hals schieben. Das Fenster wird geschlossen, die Tür rastet wieder ein, und aus der Küche wird nachgelegt. Ein bisschen ist es wie im Schlaraffenland – nur teurer, aber nicht so richtig teuer.

Teuer ist auf Dauer die Cola im Extase und natürlich der Shit aus dem Coffeeshop. Deshalb haben Hüppie und Karlo einen Job. Ein paarmal die Woche helfen sie in der Tankstelle auf der Weezer Straße. Das ist praktisch, weil Karlo in den Pausen an seiner Kreidler schrauben kann, wenn mal gerade wieder niemand tanken will oder Öl braucht oder ein Staubkäppchen für das Ventil an seinem linken Vorderrad, das bestimmt wieder die verdammten Blagen geklaut haben. Hüppie setzt sich in der Werkstatt in die Nähe der beiden Monteure, die hier Autos reparieren und manchmal auch gar nichts tun. Allerdings nur so lange, wie der Meister nicht hereinplatzt.

Na, wieder nettes Kaffeekränzchen, sagt er.

Aber die Festangestellten wissen, dass es nur nett klingt. Sie haben ganz plötzlich unheimlich viel zu tun, Schraubenzieher und Lappen und 17er Schlüssel in der Hand, die irgendjemand herbeigezaubert haben muss.

Hüppie guckt ertappt. Er merkt sich allerdings, dass immer ein Ausweg zu sehen sein muss. Seitdem lehnt der Besen neben ihm, wenn er in der Werkstatt sitzt. Der Meister sieht das mit Wohlgefallen. Er sieht nämlich eigentlich alles. Das behauptet er jedenfalls.

Er zahlt Hüppie und Karlo sechs Mark die Stunde, auf die Hand, sagt er, und Hüppie bezweifelt, dass er den Lohn seinen Büchern und dem Finanzamt anvertraut – so wenig wie die Einnahmen aus kleinen Reparaturen für die Nachbarn, die bar und ohne Rechnung bezahlt werden.

Die Bücher liegen in seinem Schreibtisch in einem Zimmer hinter dem kleinen Laden. An der Wand hängt ein Kalender von 1969, aufgeschlagen ist seit zwei Jahren die Seite vom März mit dem Bild einer Frau mit Monster-Busen in einem rosa Bikini aus extrem wenig Stoff. Die drei Stühle im Raum und das Regal an der Wand neben der Tür sehen so aus, als habe sich das Öl in sie hineingearbeitet, und das ist vermutlich auch so. Hier ist alles Tankstelle oder Autowerkstatt, und es riecht natürlich danach

– nach Sprit, altem Öl, nach Gummi, nach Zigarettenqualm und ein bisschen nach Schweiß.

Der Meister findet das gut so. Hüppie fragt sich manchmal, wie der Meister wohl früher ausgesehen haben mag, bevor er zum Inventar dieses Raums wurde in seinem fleckigen blauen Kittel, mit Händen voller kleiner Risse, in denen auf ewig der Teer klebt wie eine Tätowierung, mit der Ernte 23-Schachtel in der Brusttasche, die neben dem Kugelschreiber herausschaut wie ein Namensschild.

Hüppie stellt sich vor, wie der Meister, als er noch ein Kind ist, morgens zur Schule geht und nachmittags zu Hause in den kleinen Blaumann springt und das Spielzeug der Geschwister repariert, den Holzwagen, den Brummkreisel, vielleicht auch mal die Puppe der kleinen Schwester, aber am liebsten bewegliches Spielzeug und am allerliebsten solches mit Rädern. Natürlich hat er einen eigenen Werkzeugkasten.

Hüppie sieht, wie er mit der Kanne durchs Haus läuft und alle Türangeln ölt, ohne dass ihn jemand darum bitten muss, wie er die Wasserwaage auf den Boden legt und den Kopf schüttelt, wie er auswendig die Kubikzentimeterzahlen aus dem Auto-Quartett aufsagt. Doch da fällt Hüppie ein, dass es in der Nachkriegszeit wahrscheinlich gar kein Auto-Quartett mit Bildern vom Jaguar E und vom VW Porsche 914 und vom NSU TT gab.

Glaubst du, in der Nachkriegszeit gab es Auto-Quartett?, fragt er Karlo.

Warum willst du das denn wissen?, fragt Karlo zurück.

Nur so.

Ich glaube nicht. Die hatten für so was doch gar keine Zeit, und gab es da überhaupt richtige Autos außer DKW und Kübelwagen?

Jetzt wär gut, wenn Tüllmann da wär, sagt Hüppie, der wüsste das.

Hätte ich nicht gedacht, dass du mal Tüllmann gern da hättest, sagt Karlo.

Beide lachen still.

Karlo nimmt ein Tuch und fängt an, die Kreidler zu polieren. Fahren wir heute nach Nimwegen?, fragt er.

Geht nicht, antwortet Hüppie, ich muss zu Hause mal gutes Wetter machen.

Der Lateinlehrer hat sich bei Hüppies Eltern beschwert. Ihr Sohn ist völlig uninteressiert, er schläft mit offenen Augen. Und außerdem raucht er, hat der Lehrer gesagt.

Hüppies Vater ist ein sanfter Mann. Ob er raucht oder nicht, kann Ihnen doch gleichgültig sein, sagt er trotzdem mit einem Anflug von Schärfe, mir ist es jedenfalls gleich.

Und Hüppie lässt er wissen, dass es so ja wohl nicht weitergehe, immer weg bis in die Puppen und dann zu müde für die Schule. Ab jetzt bleibst du mal ein paar Abende zu Hause.

Hüppie fügt sich. Zu viel Ärger zu Hause kann er nicht gebrauchen. Die Schule reicht ihm da schon. Er raucht am Nachmittag auf der Wiese noch einen Joint, aber wenn die anderen auf der Suche nach einem Abendprogramm weiterziehen in die Kneipe van Issum oder später in die Disco „Red Balloon", die sie nach dem alten Besitzer Backes nennen, geht er nach Hause.

Sein Vater ist Zöllner, zum Glück nicht am Grenzübergang nach Nimwegen, denkt Hüppie. Nach Feierabend arbeitet der Vater im Garten, er sät, er pflanzt, er erntet. In dieser Welt lebt er am liebsten, dann vergisst er das Drumherum und ist ganz bei sich. Seit Jahren hat niemand mehr Gemüse oder Kartoffeln für die Familie kaufen müssen.

Abends liest der Vater ein bisschen in der Zeitung und trinkt ein paar Gläschen vom selbstgemachten Obstwein, der in großen, bauchigen Flaschen mit Gummiverschlüssen auf dem Weg zur Reife in der Küche vor sich hinblubbert. Meistens ist er ziemlich müde und geht früh ins Bett. Er sagt nicht besonders viel, aber Hüppie ist sicher, dass er viel mehr weiß, als er sagt.

Du hast ganz schön rote Augen, sagt er jetzt zum Beispiel.

Schlecht geschlafen, sagt Hüppie und dreht sich weg, ich geh mal auf mein Zimmer.

Aber mach die Musik nicht so laut, sagt sein Vater.

Hüppie ist Beatles-Fan. Schon ewig, versichert er, bevor ihm einfällt, dass ewig doch ganz schön lange her ist. Von Anfang an, sagt er dann. Auch das ist ein bisschen gemogelt. Seine Lieblingsplatte ist Sgt Pepper's. Er hört sie beinahe jeden Tag. Karlo hat er mal erzählt, dass John Lennon für seine Texte oft die Zeitungen durchschmökert, und dass die Stücke richtig komponiert werden.

Karlo ist mehr von der Hendrix-Fraktion. Mir ist das zu zahm, sagt er.

Hüppie will schon sagen: Du bist wie Tüllmann. Aber dann überlegt er es sich und denkt: Es kann ja nicht jeder alles merken.

Er legt die Platte auf und fährt mit der Nadel vorsichtig bis zum dreizehnten Stück und lässt sie sanft in die Rille sinken. „A Day in the Life".

„I read the news today, oh Boy", singt Lennon. Und Hüppie wünscht sich, dass Karlo da wäre. Dann könnte er ihm noch mal erzählen, wo Lennon seine Texte her hat. Ist aber auch egal, denkt er, Hauptsache, ich weiß das.

Manchmal, denkt er noch, ist es zu Hause gar nicht so schlecht. Ohne die kleinen Schlaumeier auf der Schule, die sich den ganzen Tag über Fußball unterhalten können und noch nicht aus den kurzen Hosen herausgekommen sind. Die nachmittags auf den alten Grundstücken zwischen den Häusern, in den verlassenen Gärten Fußball spielen, abends zum Fußball-Training gehen und morgens wieder vom Fußball erzählen. Von Beckenbauer, von Overath, von Netzer und Vogts, von Gladbach und Bayern. Fußball, Fußball, immer nur Fußball. Einige kommen jetzt auch schon mal zur Wiese am Transformatorhäuschen und schauen sich scheu und neugierig um.

Aber da haben sie nichts verloren. Er kann es schwer aushalten, wie sie ihn anhimmeln, wie sie heimlich beobachten, wenn er sich eine Zigarette dreht. Neulich ist einer gekommen, der hat ihn gefragt: Kannst du mir mal eine drehen? Wenn du rauchen willst, musst das du schon selber lernen, hat Hüppie gesagt. Vielleicht ein wenig zu barsch, und es tat ihm auch ein bisschen leid, als er das enttäuschte Gesicht sah. Aber so ist es nun mal. Und es tat ihm auch nur ein bisschen leid.

Noch schlimmer als die kleinen Besserwisser sind auf jeden Fall die Lehrer, die er bestenfalls langweilig findet, die ihm was über Caesar erzählen wollen oder den Dreißigjährigen Krieg, über Mozart, Bach und Goethe, modrige Typen aus einer

Vergangenheit, die hinter dicken Spinnweben liegt und am besten da bleiben sollte.

Beatles im Unterricht, das wär mal was, denkt er und hört den letzten Klavierakkord verhallen. Das Echo läuft durch seinen Kopf und besetzt die ganze Gegend hinter der Stirn, der Raum zieht sich zusammen und dehnt sich wieder aus mit dem Klang. Der Raum atmet. Hüppie schließt die Augen, und es ist der mit Abstand beste Moment des Tages.

Ob sein Vater ahnt, dass er sich manchmal allein, ganz fremd fühlt und erst bei der Musik zu sich kommt? Schwer zu sagen. Ganz selten fragt er: Was ist mit der Schule?

Langweilig, antwortet Hüppie dann, kaum auszuhalten.

Zwei Jahre musst du schon noch durchhalten, sagt sein Vater, dann hast du die Mittlere Reife und kannst eine vernünftige Ausbildung machen. Du weißt es noch nicht, aber das ist wichtig.

Zwei Jahre, denkt Hüppie, zwei Jahre.

*

Ich konnte mir damals nicht vorstellen, es noch zwei Jahre auf der Gaesdonck auszuhalten. Das hab ich dann auch nicht, der Sattelschlepper beendete nicht nur meine Schullaufbahn, er durchkreuzte auch alle Pläne, bevor sie überhaupt geschmiedet waren. Ob das ein Glück war oder ist, kann ich nicht sagen. Mein Vater hatte schon vorher damit angefangen, mich zu ignorieren. Er hatte wohl eingesehen, dass es mit mir keinen Zweck hatte. Vorläufig zumindest.

Das Gegenteil konnte ich ihm nicht beweisen, und ich wollte das auch nicht. Sollte er doch weiter kreisen in seiner musikalischen Welt, mit all seiner Bildung und den schlauen Sprüchen. Die Tür zu dieser Welt habe ich nie gefunden, und mein Vater hielt sie irgendwann fest verschlossen, was allerdings völlig überflüssig war, was mich betraf. Ich wollte sie gar nicht öffnen.

So erlebte ich in diesem Sommer tatsächlich mein letztes Jahr als Externer, was ich nicht wusste, aber gehofft hatte. Das Ende hatte ich mir natürlich anders vorgestellt, ich träumte davon, eine harmlose Lehre als Verkäufer zu machen, weil ich zumindest im Rechnen nicht schlecht war. Und ich sah mich schon am Tresen des städtischen Musikgeschäfts oder in der Konditorei gegenüber.

Das Musikgeschäft war neben dem Transformatorhäuschen unser liebster Platz. Hier gab es Instrumente, hauptsächlich Gitarren, Geigen, Saiten, Noten, die neuesten Platten und – vor allem – Evi. Die halbe Stadt, die Hälfte, die aus Jungs fast jeden Alters bestand, war verrückt nach Evi. Sie trug das schwarze Haar lang, hatte eine tolle Figur mit Stellen an den richtigen Stellen und die richtigen Kleider. Sie war sicher schon 20. Und sie war sogar zu mir freundlich.

Wenn der Chef nicht da war, standen wir Stunden am Ladentisch, die beiden gepolsterten Telefonhörer mit der Musik an den Ohren, bis die Arme einen Krampf kriegten und der Rücken schmerzte. Ab und an brüllte einer seinem Nebenmann zu, wie gut er das Stück von Led Zeppelin findet, weil er vergessen hatte, dass er die Telefonhörer am Kopf hatte. Dann machte Evi leise „Psst" und legte den Finger auf die Lippen, weil auch sie sich erinnerte, dass unter den Telefonhörern niemand so richtig hörte, was um ihn vorging, sondern einzig in der Musik war. Die Augen schauten dabei in die Welt, ohne sie wahrzunehmen oder allenfalls als Bildquelle wie ein Fernseher ohne Ton.

Ich hab mal an einem Nachmittag eine ganze LP von vorne bis hinten gehört. „That's Underground" hieß die. Sie war bunt und sah aus wie die Farbklecksereien, die wir beim Schulfest mit Anstreicherfarben aus Tuben auf Pappen machten, die sich auf ausgedienten Schallplattenspielern drehten.

Die Platte selbst war eine tatsächlich bunte Mischung – Janis Joplin, Blood, Sweat and Tears, Bob Dylan, Leonhard Cohen. Ich fand alle gut. Hauptsächlich aber fand ich Evi gut, wenn sie sich zu den großen Schubladen bückte oder am Tresen lehnte und auf die Straße schaute. Ich schaute dann in ihren Ausschnitt und fühlte mich dabei ganz komisch. Der Schweiß brach mir aus, südlich des Bauchnabels zog es ordentlich, die Gedanken wussten nicht so recht wohin.

Wenn mein Alter das gewusst hätte. Dabei hat er doch sicher ein paarmal in seinem Leben selbst in einen Ausschnitt oder etwas Vergleichbares geschaut. Schließlich hatte ich ja Geschwister, die nicht adoptiert waren. Aber so ganz genau wollte ich es auch nicht wissen, wie das gekommen war. Vor allem wollte ich es mir nicht vorstellen.

Evi war natürlich unerreichbar für mich. Die Abiturienten vom Gymnasium und vor allem die, die schon in Bands spielten, waren ebenfalls hinter ihr her. Zu den Konzerten kam sie, und sie war richtig umschwärmt. Ob jemand wirklich näher an sie herangekommen ist, weiß ich nicht. Ich konnte schließlich nicht zu indiskret sein. Heute würde ich es wissen. Mich sieht ja niemand. Aber anfangen könnte ich mit dem Wissen auch nichts. Es ist schon ein Leid.

Neben Evi gab es nur ein weiteres weibliches Wesen, das freundlich zu mir war. Es hieß Angelika. Angelika hatte lange, fast struppige blonde Haare, ein großes rundes, immer ein bisschen rotes Gesicht und eine fröhliche Art. Sie lachte eigentlich immer.

In diesem Sommer verliebte ich mich in Angelika. Zu Hause dachte ich an sie, wenn ich auf dem Bett lag. Ich stellte mir ihr Lachen vor und ihre Augen. Manchmal träumte ich davon, dass wir uns berühren würden, vielleicht ganz zufällig, und allein davon fuhr mir ein Schauer über den Rücken. Ich dachte ganz harmlos an Angelika. Keine Spur von Schweinskram, ehrlich, nicht mal wie bei Evi.

Richtig schweinische Gedanken hegte ich nur, wenn ich in den Katalogen der Warenhäuser, von Otto und Quelle und Neckermann, blättern konnte, die auch bei uns ankamen und die meistens in der Küche im Zeitungsständer lagen, gleich rechts von der Tür vor der Eckbank, auf der wir uns zu den Mahlzeiten drängelten und ungeduldig darauf warteten, dass mein Vater sein Gebet beendete. „Komm, Herr Jesus, sei unser Gast."

Ich sah mir die Bilder der Frauen in Unterwäsche an, wenn ich allein war, und das brachte mich ganz schön auf Betriebstemperatur. Ihr wisst schon. Manchmal stellte ich mir Evi in Unterwäsche oder noch weniger vor. Aber das war privat, niemand hat das je erfahren. Heute kann ich es ja auch nicht weitererzählen, obwohl es mir jetzt nichts mehr ausmachen würde.

Meine Beziehung zu Angelika war so rein wie meine Gedanken, nicht einmal mein Vater oder die Betschwestern in der Frühmesse oder der Pastor hätten da etwas einwenden können. So nah war ich der katholischen Lehre wahrscheinlich nie gewesen. Ein Jammer, dass ich da nicht weitermachen konnte, vielleicht hätte ich noch einen Ablass auf meine künftigen Sünden erwerben können, einen Gutschein für alle Fälle. Überhaupt fand ich es ungerecht, dass man bei der Beichte nicht eine vollständige Rechnung zwischen Gut und Böse aufmachen konnte, eine Bilanz nach Plus und Minus.

Ich bin ziemlich sicher, dass die meisten Menschen mit einem positiven Ergebnis aus dem Beichtstuhl gekommen wären, und dass ihre Buße damit vollkommen überflüssig wäre. So aber gingen sie bedrückt rein und kamen längst nicht so befreit heraus, wie der Pastor das im Religionsunterricht versichert hatte. Der erste Schritt des Freigesprochenen mit dem Gepäck aus soundsoviel Vaterunser und Ave Maria war schon wieder ein Schritt in die Welt der Sünde – in Gedanken, Worten und Werken, vor allem in Gedanken. Womöglich ist das der Vertrag zwischen uns und der Kirche, dass wir ständig sündigen, damit wir bald wieder in den Beichtstuhl zurückkehren. Ein höheres Wesen konnte daran kein Interesse haben, es wäre einem höheren Wesen viel zu kleinkariert.

Wenn Angelika am Transformatorhäuschen war, setzte ich mich unauffällig in ihre Nähe und suchte ihren Blick. Wenn sie mich anlächelte, war ich selig. Gesagt hab ich selbstverständlich nichts, ich hätte auch nicht gewusst, wo ich anfangen sollte. Sie redete mit ihren Freundinnen, warf die lange Mähne zurück, wenn sie über eine Bemerkung lachen musste, und sie lächelte nicht nur mich an, sondern auch Karlo, den alle Mädchen anlächelten, und Udo, der sich für die Wiedergeburt von Casanova persönlich hielt.

Ich war eifersüchtig, wenn Udo erzählte, dass er sich von den Lehrern, vor allem dem Lateinlehrer, nichts gefallen lässt.

Wenn er mir noch mal krumm kommt, dann geh ich einfach aus der Klasse, sagte er, mich fasst der nicht an.

Der Lehrer zog einen gern an den Ohren aus dem Stuhl, und er warf auch mit dem Schlüsselbund. Das soll er bei mir mal versuchen, sagte Udo. Dabei straffte er die Schultern und schaute auffordernd in die Runde. Seine Kumpels nickten eifrig, Angelika lächelte noch mehr. Furchtbar.

Das Ende vom Lied: Nach zwei Wochen saß Udo bei Angelika, hielt sie im Arm und knutschte herum. Mir war schleierhaft, wie er das angestellt hatte. Ich suchte in seinem Gesicht nach den passenden Hinweisen und erkannte keinen. Er hatte einen dunklen Teint, aber ein Allerweltsgesicht mit braunen Augen, auf dem Kopf struppige dunkelbraune Haare, seine Ohren standen leicht ab.

Ich fand, er sah nicht mal besser aus als ich, er trug allerdings keine Brille, obwohl die Ohren die sicher gut gehalten hätten. Aber er hatte eine große Klappe. Das imponierte den Mädchen wahrscheinlich, Lautstärke war wohl schon immer eine Währung in diesem schwer durchschaubaren Geschäft zwischen den Geschlechtern. Ich hielt die Welt für schlecht. Heute bin ich da entspannter. Ich fühle auch nicht mehr so viel, und Konkurrenz habe ich nicht.

Udo blieb nie lange bei einem Mädchen, nach ein paar Wochen hatte er genug, oder die Mädchen hatten genug, weil ihnen aufging, dass er sie nur eine Zeitlang als Trophäe hielt und sich keinen Augenblick für sie interessierte, sondern allein für die Wirkung, die er durch sie an seiner Seite erzielte. In seiner Clique gingen die Mädchen (Angelika, Elke und Irmgard) alle paar Wochen von einem zum anderen, von Udo zu Karlo, von Karlo zu Jürgen. Es war ein großes Spiel. Nur Chris kriegte nie eines ab, er war einfach zu jung und zu schüchtern, das berühmte fünfte Rad am Wagen, obwohl hier bereits das vierte überflüssig war. Wenn die anderen knutschten und dabei kleine Wettbewerbe veranstalteten, wer es am längsten aushielt, ohne die Augen aufzuschlagen, durfte er die Zeit stoppen – immerhin. Der Rekord lag bei 20 Minuten.

Er fragte sich, was dabei in ihnen vorging. Dass seine Zeit mal kommen würde, hielt er selbst für unwahrscheinlich. Er wusste einfach nicht, wie er es anstellen sollte. Darunter litt er ein bisschen. Aber er hätte das nie einem erzählt. Sogar vor sich selbst hielt er es meistens geheim. Vor mir konnte er nichts geheim halten, als dieser Sommer vorbei war. Die anderen auch nicht. Es half weder ihnen noch mir. Was ist schon Wissen für sich?

*

Hüppie hat die zwei Jahre dann doch herumgebracht und sich sogar ein ganz ordentliches Abgangs-Zeugnis verschafft. Die kleinen Jungs in der Klasse ertrug er, weil sie in seiner eigentlichen Welt nicht vorkamen, er blendete sie nun vollends aus, sie gingen ihm nicht einmal mehr auf die Nerven. Mit den meisten Lehrern pflegte er eine Art Waffenstillstand. Er erledigte sein Pflichtprogramm, sie ließen ihn in Frieden. So hatte er es gerne.

Nur mit dem Religionslehrer ging das nicht. Der war Kaplan in der alten Kirche und hielt sich für einen Wahrer der guten Sitten. Gar keine guten Sitten gab es nach seiner Meinung nicht so weit weg von seiner Kirche in der örtlichen Diskothek an der Jakobstraße, in seiner Welt und in seinen Predigten vor der Klasse ein Sündenbabel der besonders verkommenen Art. In der Religionsstunde erzählte er schauerliche Geschichten von drogenkranken Besuchern, höllischem Lärm, grauenhaften sexuellen Verstrickungen in schlechtbeleuchteten Räumen, von regelrechten Orgien, in denen sich kaum bekleidete, verschlungene Körper schwitzend auf Eckbänken wälzten.

Es fehlte nur, dass er von Klumpfüßen und Hexentänzen berichtet hätte. Wahrscheinlich hatte er irgendwann zu lange auf die Bilder im Sammelband von Pieter Brueghel geschaut, oder er hatte einfach zu viel Zeit in seinem Zimmer verbracht mit dem Schreibtisch aus hellem Holz, den dicht gefüllten Bücherregalen an der Wand und der Stehlampe,

deren Licht den Schatten eines bemitleidenswerten
Gummibaums auf die Tür warf, der trotz erkennbaren Wassermangels seit vielen Jahren in einer andauernden Fastenzeit tapfer durchhielt.

Hüppies Klassenkameraden lauschten jedenfalls mit wohligen Entsetzen und weit aufgerissenen Augen – nicht ganz die Reaktion, die der Kaplan hervorrufen wollte. Der Schrecken machte sie neugierig – sehr im Sinne von gierig.

Hüppie aber fühlte sich herausgefordert.

Sie waren doch noch nie da, sagte er, Sie lügen uns doch was vor.

Die Glatze des Kaplans glühte auf in einem heiligen Zorn.

Du wagst es, du Untermensch!, brüllte er. Wenn er nicht weiter wusste, dann waren seine Gegner Untermenschen, die Zeiten, in denen das eine gängige Bezeichnung für Andersmeinende oder Ausländer war, lagen ja noch nicht so lange zurück, dass er das vergessen haben könnte. Eine feine Tradition.

Und als Hüppie geradezu genießerisch lächelnd schwieg, weil er wusste, dass er am längeren Hebel saß, stand der Kaplan kurz vor dem Kollaps, in seinen Schläfen pochte das Blut, die Augen rollten, so dass es aussah, als sollten sie jeden Moment aus der Fassung fallen und an langen Schnüren zu Boden klatschen. Die Luft sog er stoßweise ein, auf der zitternden Oberlippe erschienen Schweißperlchen. Die Fünf in Religion war Hüppie sicher. Der Preis war es ihm jedoch wert.

Auf andere Formen der Rebellion verzichtete er im Angesicht der bevorstehenden Schulentlassung voller Güte und Einsicht.

Weil er immer noch nicht so richtig wusste, was er danach anfangen sollte, und weil er nicht unbedingt von der Begeisterung für harte Arbeit erfasst war, trieb er sich ein paar Jahre bei der Bundesbahn herum – nach der Lehre im Büro, am Schalter, im Innendienst. Das Leben war hier leise, ein wenig staubig, aber geregelt, vorhersehbar, auf wörtliche Art taktvoll.

Das war ganz gemütlich. Und es half ihm dabei, ein bisschen in sich hineinzuhorchen, denn er hatte dafür viel Zeit.

Er fand dort einen Hüppie, den er selbst nicht gekannt hatte. Einen, der über den Zustand einer allgemeinen Gleichgültigkeit gegenüber seiner Umwelt hinausgelangen, einen, der helfen wollte, tatsächlich helfen. Nicht den Zügen der Bahn, den Abläufen im Fahrplan oder den Zuggästen, die nach dem richtigen Anschluss suchten oder nach einer Auskunft, sondern Menschen, die es wirklich schwerer hatten. Nach einem Jahrzehnt im Staatsdienst schulte er zum eigenen Erstaunen auf Krankenpfleger um. Das hält er noch heute für ein großes Glück.

Seine Patienten auch.

Sie mögen seine leise Art, seine Zuverlässigkeit, seine Hilfsbereitschaft. Er scheint immer zu ahnen, was sie gerade benötigen. Und aus seinen wässrigen Augen kann viel Wärme leuchten. Früher hat man das nur nie gesehen, weil er den Blick meist zu Boden gerichtet hielt und weil ihm dabei die Haare ins Gesicht fielen. Als Pfleger ist er so bei sich, wie es sein Vater im Garten ist.

Er besucht ihn oft, dann sitzen sie auf einer Bank, trinken ein Glas Wein, Hüppie raucht, der Vater nicht, und sie sprechen nicht viel.

Am schönsten sind solche Treffen im September, wenn sich die Hitze des Sommers langsam verzieht, die Luft ein bisschen frischer wird und die Blätter an den Bäumen sich zu verfärben beginnen, von sattgrün zu zartgrün zu gelb. Die ersten Blätter liegen auf den Beeten. Es lohnt sich noch nicht, sie wegzukehren, sagt der Vater. Hüppie nickt. Er fühlt sich gut.

Natürlich heiratet er eine Krankenschwester. Sie leben ihr Leben im Takt der Schichten. Und genau wie er hört sie noch immer alte Beatles-Platten. Ihr muss er gar nicht erzählen, dass Lennon die Idee zu „A Day in the Life" beim Lesen in der Zeitung kam. Sie weiß das, und sie weiß eine Menge mehr. Da ist sie wie Hüppie. Und wie er erzählt sie nicht viel darüber. Zusammen sitzen sie stundenlang schweigend vor dem Plattenspieler. „I read the news today, oh Boy, about a lucky man, who made the grade."

Ein glücklicher Mann. Ja.

*

Schade, dass ich das nicht mehr erlebt habe. Es hätte mir zu Lebzeiten ein Vertrauen gegeben, mit dem ich jetzt nicht mehr viel anfangen kann.

Wahrscheinlich hätte ich gedacht, dass es doch einen göttlichen Plan gibt, jedenfalls eine gute Absicht, die in allem wohnt und die häufig auch zum Vorschein kommt, man muss nur lange genug warten können und genau hinschauen. Davon hatte mich mein eigenes, kurzes Leben nicht überzeugen können. Es war vermutlich zu früh zu Ende, von Vollendung kann ja keine Rede sein, wenn man mit 15 Jahren von einem LKW zermatscht wird.

Möglicherweise ist es ein Teil des Plans, dass ich mir hier, wenn hier das richtige Wort ist, darüber Gedanken machen kann. Ich will jedenfalls immer noch nicht glauben, dass alles ohne Absicht ist, reiner Zufall. Kann sein, dass da meine katholische Erziehung weiterwirkt – in Ewigkeit. Amen.

Kapitel 3 - Harry

Band: Led Zeppelin

Lied: Whole Lotta Love

Harry hat einen großen Bruder. Das ist einerseits gut, denn große Brüder bieten Schutz und Vorbild. Andererseits ist das schlecht, weil jeder Harry nur den kleinen Dingens nennt. Und er ist nicht nur jünger, sondern wirklich klein, vielleicht 1,70 Meter, und weil er so schmal ist, wirkt er noch kleiner.

Das geht ihm ordentlich auf die Nerven. Er wäre gern viel größer und viel breiter. Wenn er läuft, drückt er deshalb die Brust ein Stück nach oben, zieht die Schultern nach hinten und hat Ähnlichkeit mit einem Raben, der stolz durch den Garten marschiert auf der Suche nach Futter oder einfach, um Eindruck zu machen.

Das sagt ihm aber lieber niemand, weil Harry eine sehr kurze Zündschnur hat. Er explodiert schnell, und er ist dann schwer zu bändigen. In ihm wohnt eine tiefe Wut, in den Augen flammt sie. Und wenn er sich prügelt, er prügelt sich oft, dann sieht er buchstäblich rot, einen Vorhang aus Blut vor den Augen, und es rauscht im Kopf. Er hört nicht auf, bis er selbst oder der andere wehrlos am Boden liegt. Manchmal hört er nicht mal dann auf. Schmerz spürt er nicht, lediglich Wut.

Harry ist nur zahm, wenn sein großer Bruder in der Nähe ist. Dann fühlt er sich beschützt, unangreifbar und geht nicht so schnell hoch. Es zieht ihn auch niemand auf. Das wäre nicht klug, denn der große Dingens ist wirklich sehr groß und bei Bedarf schnell mit ein paar Maulschellen bei der Hand. Es gibt selten Bedarf, weil seine Aura ausreichend einschüchternd ist. Er kann es sich sogar leisten, beinahe jederzeit ganz freundlich zu sein.

Die blonden Locken lassen ihn immer so aussehen wie die Jungs auf den Surfbrettern in Kalifornien, die man schon mal auf Werbeplakaten oder im Fernsehen sieht. Von Kalifornien träumt der große Dingens, wenn er mit dem Fahrrad zum Wisseler See gefahren ist und dort am Sandstrand liegt, über sich einen blauen Himmel, der auch am Pazifik nicht blauer sein kann, vor ihm das Wasser, das, zugegeben, nur mit einiger Mühe wie der Pazifik aussieht und das vor allem nicht unbedingt große Wellen schlägt.

Aber der große Bruder gibt sich schon Mühe, und oft gelingt es ihm, sich davonzuträumen, die Augen halb geschlossen, damit nur ein paar Spritzer vom Licht auf die Netzhaut fallen. Sie geben den Traumbildern einen strahlenden Kranz. Die Hintergrundmusik wäre von den Beach Boys, natürlich, auch wenn es der große Bruder sonst eher rockiger mag. Aber zu Wellen und Surfbrettern und Sonne passen nun mal am besten Beach Boys.

Am liebsten hätte Harry eine Freundin wie der große Bruder. Und er verrät keinem, dass er zu Hause Lieder von Leonhard Cohen und James Taylor hört. „You've got a Friend" hat er so oft aufgelegt, dass die Platte einen Sprung bekommen hat. Wenn er sich die Musik vorstellt auf dem Weg zur Schule und sie durch seinen Kopf laufen lässt, dann macht er kurz vor dem zweiten Refrain eine Pause, denn da ist der Sprung. „Keep your head together and call my name out loud. Soon, you'll hear me knocking at your door." Pause. In seinem Zimmer tippt er die Nadel an, und es geht weiter. „You just call out my name, and you know wherever I am, I'll come running, running, to see you again." Er hat das ziemlich gut raus, man merkt die Unterbrechung gar nicht, nicht mal er selbst, er hat den Sprung repariert, auch im Kopf, der Fingertipp gehört zum Programm.

James Taylor legt er allerdings nur auf, wenn er allein ist. Wenn er Besuch hat, was nicht so oft vorkommt, oder wenn der große Bruder im Zimmer gleich nebenan Besuch hat, legt er immer Led Zeppelin auf. Er hat einen Dual-Plattenspieler, und er dreht den Lautsprecher, der sich hinter dem Plattenteller aufklappen lässt, voll auf. „Whole Lotta Love", bis die Ohren klingeln. Seine Mutter schließt die Küchentür und sagt nichts. Harry würde auch nichts hören.

Die Musik gehört ihm allein, sie lässt die Wut abkühlen, bis sie nur noch ein ganz kleines Glühwürmchen ist, das tief im Innern nur noch schwach leuchtet. Es ist fast angenehm. Das Glühwürmchen aber vergisst ihn nicht. Es wächst, wenn er das Haus verlässt, wenn er die Blicke spürt und den Spott. Den Spott spürt er immer. Dann wird das Glühwürmchen schnell zum Lagerfeuer. Es verbrennt ihn regelrecht von innen.

Seine Lehrer bestellen die Eltern oft zum Gespräch.

Ihr Sohn prügelt sich fast jeden Tag, sagen sie.

Die Mutter macht ein besorgtes Gesicht, der Vater ist nicht mitgekommen. Geh du mal, hat er gesagt, was soll ich denn in der Schule?

Zu Hause ist er ein guter Junge, sagt die Mutter, ein bisschen still. Nur die Musik dreht er laut auf.

Wir wissen manchmal nicht, was wir mit ihm machen sollen, sagen die Lehrer. Strafen stören ihn nicht.

Harry schreibt mit seiner krakeligen Kinderschrift hundertmal „Ich soll mich nicht prügeln" in sein Heft, aber wenn die Lehrer mit ihm reden, dann schaut er trotzig an ihnen vorbei an einen Punkt an der Wand oder ins Nirgendwo. Seine Klassenkameraden machen meistens einen Bogen um ihn. Das rührt ihn nicht, er findet sie allesamt viel zu blöd, die Jungs in ihren kurzen Lederhosen, die Mädchen in den karierten Röcken, nicht seine Welt.

Auf der Wiese am Transformatorhäuschen hält er sich an Haro, der sich auch oft prügelt – aber nie aus Wut, sondern lediglich aus Lust. Harry bewundert das heimlich. Aber ihm geht die Wut nicht aus, er kämpft nicht aus Lust, sondern aus Zwang, und er gewinnt seine Kämpfe häufig auch nicht. Ganz anders als Haro, der gewinnt immer. Kämpfe, die er nicht gewinnen kann, fängt er gar nicht erst an. Dafür ist er viel zu schlau.

Warum kloppst du dich mit Stärkeren?, fragt er Harry, das bringt doch nichts.

Harry fällt dazu keine passende Antwort ein. Er kann ja schlecht etwas von dem Rauschen hinter der Stirn erzählen und davon, dass er oft gar nicht weiß, was geschehen ist, bis er am Boden liegt und das Rauschen langsam leiser wird und dafür die Scham aufsteigt bis an die Augenbrauen und der Schmerz in den Gliedern pocht als hämische Erinnerung.

*

Ich konnte mit den ständigen Kloppereien nichts anfangen, auf dem Schulhof nicht, am Transformatorhäuschen nicht, in den Ferienlagern nicht, wo sie ein regelrechter Zeitvertreib waren und wo sie die Rangordnung bestimmten. Ich war froh, dass mich niemand zum Opfer machte. Zu irgendetwas musste die dicke Brille ja gut sein, dachte ich. Sie war mein Schutz. Zumindest schützte sie vor Kloppereien, zerrissenen Hosen und Schürfwunden an den Ellenbogen. Die anderen trugen sie wie Trophäen.

Vor dem Hohn der anderen schützte die dicke Brille natürlich nicht. Immerhin aber spotteten sie mit dem Rücken zu mir. Es traf mich trotzdem, aber ich wurde nicht wütend wie Harry, eher ein bisschen traurig, weil ich mich ausgeschlossen fühlte. Angelika hätte ich vielleicht davon erzählt, und sie hätte wahrscheinlich gelacht, und alles wäre nur halb so schlimm gewesen. Aber Angelika hatte in diesem Sommer nur Augen für Udo, und dem hätte ich es bestimmt nicht erzählt. Ich blieb allein damit. Und mit dem Alleinsein kannte ich mich inzwischen sehr gut aus.

Oft überlege ich, ob ich hier nur deswegen allein bin, weil ich es auf der anderen Seite auch war und ob die mit den vielen Freunden auch hier viele Freunde haben. Das wäre schon ziemlich ungerecht, aber wen könnte ich dafür verantwortlich machen? Das Glück, das Unglück, mich selbst? Bin ich meines Glückes Schmied? Ich will das nicht glauben.

*

In einer Hinsicht ist Harry wie sein großer Bruder. Er träumt sich oft weg in eine andere Welt. In seiner Traumwelt hat er das Sagen. Er sieht sich dann als Conan, den Comic-Helden mit den Muskelbergen, den langen Haaren, dem Stirnband aus Leder, der Unbesiegbarkeit, den Beinen, die wie Türme aus Stein festgenagelt auf der Erde stehen, den vollgepumpten Adern, die sich wie Taue um die Arme winden. Am liebsten würde er sich Tattoos mit wilden Figuren stechen lassen, mit Drachen, mit Tigern, mit Löwen.

Aber er weiß nicht, an wen er sich wenden muss, und er ist sicher, dass es zu Hause ein ordentliches Theater geben würde, wenn er irgendwann mit einer Tätowierung auf dem Arm käme. Tätowierungen sind was für Knastbrüder, hat sein Vater mal gesagt, oder für Seeleute. Und an der Niers ist noch niemand ein Seemann geworden. Die einzigen Boote, die durch die Brühe fahren, die sich aus den giftigen Abwässern der Mönchengladbacher Textilwerke im Süden speist, sind die mit den Männern, die dann und wann das Gras an den Ufern schneiden.

Also bleibt er bei seinen Träumen. Er kämpft mit Ungeheuern, fuchtelt mit einem riesigen Schwert herum, was die Muskeln gleich mal um ein paar Zentimeter weiter aufpumpt. Die Frauen lieben ihn, sie verzweigen sich wie Ranken um seinen Körper, es sind immer gleich mehrere, manche blond, manche dunkelhaarig, knapp bekleidet jede, Haut auf Haut. Er fühlt, wie hart seine Muskeln sind, wie unwiderstehlich er selbst. In dieser Welt ist er ein Herrscher, voller Dynamik und ohne ernsthafte Rivalen.

Sie füllt seine Gedanken, wenn er auf seinem Bett liegt, er kneift die Augen zusammen, das Zimmer und die karge Einrichtung verschwimmen – der kleine Schreibtisch am Fenster, die Deckenlampe, der Plattenspieler, das Winnetou-Filmplakat auf der Tür, die grün-weiß karierte Tapete. Zehn Quadratmeter Rückzugsfläche. Immerhin zehn Quadratmeter.

Sie bleiben ihm, wenn es regnet, wenn niemand am Transformatorhäuschen sitzt, wenn die Sommerferien nicht herumgehen wollen, wenn alle anderen irgendwohin in Urlaub fahren. Er sitzt dann zu Hause. Seine Eltern machen keinen Urlaub. Keine Zeit, sagt sein Vater, der nach Feierabend, an Wochenenden und in seinem Urlaub unablässig im Garten werkelt.

Er zupft Unkraut, legt Beete an, erntet, fährt mit der Schubkarre zwischen Kompost und Beeten hin und her. Manchmal sitzt er auf der Bank mit einer Flasche Bier in der Hand und betrachtet stolz sein Werk. Ich brauche gar keinen Urlaub, sagt er dann. Wenn er keinen braucht, schließt das alle in seinem Umkreis ein, selbstverständlich.

Und du kannst auch mal was für die Schule tun, sagt seine Mutter.

Auf die Idee kommt Harry nicht, natürlich nicht, schon gar nicht in den Ferien. Auch sonst hat er keine große Lust auf die Schule. Lieber versinkt er vor lauter Langeweile beim Blick aus dem Fenster in tiefe Wälder aus fast blauem Grün, in die sich dann und wann ein zarter Sonnenstrahl verirrt, der die Blätter versilbert. In den Pappeln, die sich vor dem Wind unablässig auf ihre devote Art verneigen, sieht er bunte Papageien. Die Wolken ziehen dunkelgrau und schmutzig-weiß über den Himmel, am Horizont fällt der Regen in dicken Streifen von West nach Ost, von Siebengewald nach Goch. In den Zweigen der Bäume nisten Abenteuer, sie singen von Siegen, stetig singen sie von Siegen.

Es sind Siege über die Einsamkeit. Kleine Siege. Er weiß, dass sie nicht von Dauer sind. Der Zauber löst sich bald wieder in Langeweile auf. Und dann in Wut. Die Wut ist immer und ewig.

Später, ein paar Jahre nach diesem Sommer, als alle in den alten Pannenhof ziehen in dieser Zeit eines freien Jugendzentrums im besetzten Bauernhof, da löst ein Gefühl von Gemeinschaft die Wut ab, ganz kurz, für Wochen. Es ist ein Glück, das er nicht gekannt hat.

Dafür packt er begeistert mit an, er streicht Wände, schleppt Möbel, sitzt stolz auf den alten Fensterbänken mitten in dieser bunten Menschenschar mit den langen Haaren, den knappen T-Shirts, dem Selbstbewusstsein, das sie am liebsten den ganzen Tag lang in die Kleinstadt johlen würde, in jedes Gesicht, in jedes Kopfschütteln, in jeden Zweifel. Es gibt keine spöttischen Blicke und keine Sehnsucht nach tiefen Wäldern und dicken Muskeln, keine lästigen Fragen, nur Antworten.

Das allerdings vergeht. Das Ende des Jugendzentrums, der Polizeieinsatz, der Abriss des Gebäudes vor den Augen der zwischenzeitlichen Bewohner, die ohnmächtige Zuschauer sind, ist das Ende einer Illusion. Für alle, die mal gesellschaftliche Wesen waren und sich als Teil von etwas Größerem fühlen wollten, die plötzlich wieder auf sich zurückfallen. Nicht alle so heftig wie Harry, aber zur großen Gruppe reicht es nie wieder – selbst in verklärten Erinnerungen nicht. So groß kann kleine Geschichte sein – und so eine bittere Lehre.

Harry bleibt wieder allein, auf seinen zehn Quadratmetern, in der Kneipe, in der Disko, bei gelegentlichen Partys, und die Wut kehrt ansatzlos zurück.

Noch später, als die Muckibuden in Mode kommen, da wütet er sich geradezu Muskeln an. Um die Arme ziehen sich dicke Stränge, eingepackt in ein Geflecht aus Adern, die aussehen wie Stromleitungen und in denen es derart pocht, dass man es beinahe hört. Der Kopf sitzt auf einem schwerbepackten Hals, den niemand beugen kann. Das ist vorbei. Den Spott verscheucht er damit. Aber die Wut wohnt weiter in den Augen, eine Wut wie Melancholie, ein ständiges Band in die Vergangenheit, auf eine brutale Art enttäuscht.

Schwere Niederlagen bietet das Leben. Der große Bruder stirbt früh, ebenso wie die erste Frau, die ihn wirklich liebte, die ihn aus dem tiefen Loch herausholte, aus seiner Einsamkeit und dem Gefühl, nie genug zu sein. Bei ihr gab es kein Gefühl der Minderwertigkeit, da war er sich und ihr immer genug.

Das ist zu viel für ihn. Er vergräbt sich hinter dem Vorhang aus Muskeln und Tattoos. Die Wut wird ein grimmiger Pelz aus Trauer, der ihn viele Jahre einhüllt und in aller Öffentlichkeit verbirgt. So lebt er am Rande der Kleinstadt außerhalb des Blickfelds. Unsichtbar und doch da.

Aber es gibt ein fast kitschiges Happy End. Er findet eine Frau, die ihn nimmt, wie er ist. Mit leiser Ruhe bohrt sie den Panzer auf, der ihn umgibt. Sie nimmt ihm das Düstere. Und wenn sie ihn anschaut aus dunklen Augen, aus einem runden, freundlichen Gesicht, dann fällt sogar die Wut in sich zusammen, fast für immer, so fühlt es sich jedenfalls an.

Mit ihr kann er reden, über dicke Autos, silberne Halsketten, harte Kerle. Sie weiß, dass dahinter eine romantische Welt liegt. Röhrende PS-Riesen sind seine rosa Einhörner, Kalendersprüche aus dem Poesiealbum vor Sonnenuntergängen wie auf der Fototapete stehen gleichberechtigt daneben. Sie ist die Erste, die versteht, dass das zusammengehört. Ein guter Junge, würde seine Mutter sagen.

Es ist ein Glück, ein spätes Glück, aber nicht zu spät.

*

Ist es verdient? Gibt es eine Tabelle, in der die Ungerechtigkeiten gegen das Gute aufgerechnet werden?

Das würde ich gerne glauben. In jeder Bilanz
stünde am Ende jedoch die Null. Kann das sein,
dass diese ganze, große Existenz zum Nichts strebt?
Oder ist das Nichts nur ein anderes Wort für Aus-
geglichenheit, die Abwesenheit von Widersprü-
chen?

Wenn ich mich so denken höre, wird mir ganz
schwindlig. Mein Alter wäre wohl ziemlich stolz
und würde mit mir über andere Dinge als Choräle,
die Jugend von heute und große Wellen am Atlantik reden.

Wir würden reden, richtig reden. Im Wohnzimmer, mit dem Rücken zum Klavier, mit einem Glas
Rotwein in der Hand, auf dem Tisch Kerzen, deren
flackerndes Licht über die Bilder an der Wand
streicht, über das Steintor als Aquarell, über den
Sonnenuntergang am Meer, über das Stillleben mit
Früchten und einer Wasser-Karaffe, die Gesichter
glühend vor Begeisterung, die Füße ausgestreckt
auf den dicken Teppichen, vielleicht in Pantoffeln.
Bestimmt in Pantoffeln.

Schade. Jammerschade.

Kapitel 4 - Udo

Band: Iron Butterfly

Lied: In a gadda da vida

Udos Eltern haben ein großes Haus und einen großen Keller. Selbstverständlich haben sie auch eine
Kellerbar mit allem Drum und Dran – Theke, Bar-
hocker mit roten Lederbezügen auf dem Sitz und
Rückenlehnen aus dunkel gestrichenem Holz, auf
den Regalen an der Wand eine Flaschensammlung
von Asbach bis Chianti im Strohrock, im Schrank
Bier- und Weingläser mit einem goldenen Rand,
Holzvertäfelung, grüne Kristall-Aschenbecher mit
Werbung für Eckstein-Zigaretten, das ganze Programm.

Die Bar ist nur am Wochenende belebt, dann feiern
Udos Eltern. Sie feiern ihr Glück, das große Haus,
den Mercedes vor der Tür, den Garten mit der Hol-
lywood-Schaukel, die blendend weiße Einbaukü-
che mit der Spülmaschine, den Wohlstand an sich,
an jedem Wochenende.

Die bessere Gesellschaft ist zu Gast, der Lehrer
Arnold von der Gaesdonck, der Lateinlehrer vom
Gymnasium, der Zahntechniker Heims, selbstverständlich mit ihren Frauen, die ebenso selbstverständlich jeweils als „die Frau vom…" geführt werden. So ist die Kleinstadt dieser Jahre, gerade so
vorbei die Zeit, als die Frau des Zahnarztes Frau

Doktor genannt wurde, auch wenn sie im Hauptberuf dafür sorgt, dass die fünf Kinder auf den richtigen Lebensweg geführt werden, wofür es zweifellos einen Doktortitel geben müsste, aber nicht gibt. Immer noch nicht.

Wer hier feiert, der gehört dazu, eine Einladung ist wie ein Zeugnis. Wer in der Stadt etwas auf sich hält, der musste hier mindestens einmal sturzbesoffen neben den Tresen gesunken sein, am besten mehrmals. Die dazu gehören, erzählen sich gerne davon, sie bestätigen sich ihren Rang in den kleinen Geschichten, die zu Legenden werden, weil sie immer wieder erzählt werden – ausgeschmückt natürlich, auch von denen, die gar nicht dabei waren.

Udos Eltern haben es geschafft.

Ich war auch mal ein kleiner Vertreter, sagt Udos Vater.

Und jetzt bist du ein großer Vertreter?, fragt Udo.

Ich bin Generalvertreter, sagt Udos Vater.

Und er schaut triumphierend wie ein echter General, das Kinn ragt stolz in die Höhe. Ein Mann, der alles im Griff hat. Nicht einmal Udos Spott kann ihn erschüttern, er hört einfach darüber hinweg.

Das ist kein Wunder, es liegt in seiner Natur. Er stammt aus einer der vornehmen Gocher Familien. Auf einem uralten Haus in der Roggenstraße, das nach der Familie benannt ist, steht auf dem Fachwerkbalken der Spruch „Allen Menschen recht getan, ist eine Kunst, die niemand kann". Alle Schulklassen müssen im Heimatkunde-Unterricht wenigstens einmal staunend vor dem Schnitzwerk stehen und sich von den Lehrern erklären lassen, dass man es nicht jedem recht machen kann und deshalb versuchen muss, es zumindest den Lehrern recht zu machen oder den Eltern oder dem Pastor. Das würde dann fürs Erste schon mal reichen.

Udo hat sein Zimmer neben der Kellerbar. Ein großes Zimmer, natürlich ein großes Zimmer, in diesem Haus ist alles groß. An der Wand unter dem Kellerfenster zum Garten, durch das immer ein wenig Tageslicht einsickert, steht sein Schreibtisch, rechts von der Tür ein Plüschsofa mit blauem Bezug, das mal der Oma gehört hat. An einer Wand hängt ein Poster von Janis Joplin, die ihre wilde Mähne schüttelt und ein Tamburin schwingt. An den Armen trägt sie glitzernde Bänder und Ketten. Man hört sie beinahe singen oder schreien, was manchmal dasselbe ist bei ihr. Statt eines Betts hat er auf der gegenüberliegenden Seite ein paar Matratzen ausgebreitet, davor steht ein niedriger Tisch, darauf eine der leeren bauchigen Chianti-Flaschen aus der Bar, in deren Hals eine dunkle Kerze steckt.

Kerzen müssen dunkel sein, erklärt Udo, helle Kerzen passen nicht zur Musik.

Udo hört Iron Butterfly, am liebsten die eine LP-Seite – „In a gadda da vida" mit dem unendlichen

Schlagzeugsolo. Er singt leise mit: Dum, dum, dididi, dum, dum, da, da, da. Den Basslauf hat ihm Karlo beigebracht.

Damit das alles stilecht aussieht, hat Udo die H- und die hohe E-Saite von seiner Wandergitarre entfernt, die ihm ein Vetter vor einigen Jahren vermacht hat. Er hat nun einen Bass, der nur ein bisschen höher klingt. Was soll's?, denkt er sich. Als Tonabnehmer für seinen Bass dient die Nadel aus einem alten Plattenspieler, die er an den Steg klemmt, als Verstärker und Lautsprecher ein Radio, das ebenfalls mal der Oma gehört hat.

Auf der Skala sind die Namen fremder Großstädte wie Reykjavik, New York, Moskau oder Rom zu lesen, in der rechten oberen Ecke leuchtet ein grün schimmerndes Auge, vor den Lautsprecher ist eine Art gehäkelter Vorhang gespannt. Und weil Udo die alte Holzlackierung unpassend findet, hat er das Radio orange angemalt. Wie ein Orange-Verstärker, sagt er. Wenn er die Augen zumacht, sieht er sich auf einer Bühne vor Tausenden von Zuschauern. Er sieht sich gern auf einer Bühne.

Über den Basslauf von „In a gadda da vida" ist er jedoch noch nicht hinausgekommen, und zum Üben hat er auch keine Zeit.

Da hättest du gleich alle Saiten außer der tiefen E-Saite abmachen können, meint Karlo.

Das sieht doch nicht aus, sagt Udo, da könnte ich doch auch ein Einmachgummi an einen Besenstiel spannen wie die Ochsen, die früher Skiffle-Musik gemacht haben.

Und ich würde auf leeren Waschmitteleimern Schlagzeug spielen, sagt Karlo. Nee, lass mal.

Wenn Udo nach Asperden zu Angelika fährt, nimmt er seinen „Bass" natürlich mit. Zwischen zwei 20-Minuten-Küssen auf der Bank am Spielplatz, die nach Kaugummi schmecken, mal mit Menthol und mal nur abgestanden süß, zupft er ein bisschen herum und gegen die allgegenwärtige Langeweile an, die in der Freizeit so zuverlässig klebt wie in den Schulstunden, die manchmal einfach nicht vergehen. Besonders in Erdkunde, das ist für Udo das größte Grauen. Wenn die Lehrerin tonlos über Skagerrak und Tiefebenen murmelt, muss Udo aufpassen, dass ihm nicht der Kopf auf die Tischplatte sinkt. Die Stimme der Lehrerin ist bald nur noch ein Brummen im Raum, und nach zwei Stunden sind erst zwanzig Minuten vergangen.

Die Gitarre stimmt nicht, sagt Jürgen, der mit seiner Freundin Elke ebenfalls den Nachmittag ausnahmsweise hier statt am Transformator verbringt.

Er sitzt auf der Lehne der Bank, die Füße auf der Sitzfläche, zwischen seinen Beinen sitzt Elke.

Du hast ja keine Ahnung, sagt Udo.

Jürgen sagt weiter nichts, weil er weiß, dass zu viel Kritik schon mal körperliche Folgen haben kann. Er kennt Udo gut, denn er ist sein Nachbar.

Deshalb ist er oft zu Gast im Kellerzimmer. Sie hören „In a gadda da vida", rauchen Camel-Filter, bis ihnen ein bisschen schlecht ist. Jürgen verbindet den Geschmack von Camel-Filter noch Jahrzehnte mit leichter Übelkeit und dem Schlagzeugsolo von Iron Butterfly.

Udo behauptet: Ich hol mir jeden Tag fünfmal einen runter, ehrlich, bis Blut kommt.

Jürgen sagt auch dazu nichts. Er denkt nur: Das will ich sehen. Aber eigentlich will er es gar nicht sehen.

Udos Eltern machen nicht viele Vorschriften. Sie lassen sich auch selten im Kellerzimmer sehen. Dass er da ordentlich herumquarzt, riechen sie natürlich, es stinkt ja auch wie in einer Kneipe nach der Polizeistunde oder am Morgen nach einem der legendenumwobenen Gelage in der Kellerbar, aber sie sagen nichts.

Die paar Zigaretten, findet Udos Vater, schaden schon nicht. Wenn er wüsste, was ich heute weiß, hätte er vielleicht genauer hingeschaut. Aber er glaubt, dass alles gut ist, wenn man nur für angenehme Bedingungen sorgt. Und das hat er schließlich getan.

Es kann sich wohl keiner beklagen, sagt er, und streicht über die Armlehne der neuen Sitzgruppe, die er bei Kracht-Hübbers auf der Brückenstraße gekauft hat. Es ist der führende Laden der Stadt, und ihm kommt nichts anderes ins Haus.

Ich kann's mir schließlich leisten, sollen sich doch die anderen Schrottmöbel kaufen.

Udos große Klappe ist legendär. Am Transformatorhäuschen sitzt er gelegentlich bei den ganz Großen, er traut sich einfach, und wenn irgendwo ein Joint herumgeht, ist er immer dabei. Seine Zigaretten bezieht er bei Berg zum Sonderpreis. Berg hat sie im Laden seines Vaters geklaut. Die Elfer-Packung Camel-Filter kostet 60 Pfennig, im Laden hätte sie eine Mark gekostet.

Als der Sommer vorbei ist, schiebt Udo die ganz große Langeweile. Zum Glück ist er nicht sitzen geblieben, und so geht er nun in sein vorletztes Schuljahr. Er hat sich jedenfalls fest vorgenommen, nicht länger als die zehnte Klasse auf der Schule zu bleiben. Eine Lehrstelle in der Firma des Vaters, ein bisschen Geld, ein Moped, mehr erwartet Udo gar nicht.

Aber das Schuljahr beginnt öde mit ätzenden Lateinstunden und einem neuen Deutschlehrer, dessen Unterlippe immer so aufgewölbt ist, als müsse sie den Regen oder sonst was, das von oben kommt, auffangen. Udo nennt ihn Pelikan, worüber die Klassenkameraden pflichtschuldigst lachen. Den meisten aber tut der Deutschlehrer leid, weil er eigentlich ein netter Kerl ist und sie nicht nur uralte Balladen, sondern auch Heinrich Böll lesen lässt.

Udo findet Bücher blöd. Auch die Deutschstunden verträumt er in einem Wachschlaf, so gut es eben geht. An den Nachmittagen hängt er nun meistens in seinem Kellerzimmer herum. Die Jungs aus seiner Clique, die sich langsam und fast unmerklich auflöst, haben plötzlich andere Interessen, nur Jürgen kommt schon mal rüber. Und die Treffen am Transformatorhäuschen haben aufgehört. Einfach so. Niemand weiß warum, aber der Gocher Summer of Love ist zu Ende, vier Jahre nach dem richtigen und genauso unerklärlich.

Berg ist jetzt manchmal zu Gast bei Udo, er ist ebenfalls übrig geblieben. Er bringt die geklauten Zigaretten von zu Hause mit und Hasch aus Holland. Wenn sie kiffen, reden sie nicht viel. Wenn sie nicht kiffen, reden sie auch nicht viel. Udo legt Deep Purple auf. Er dreht so laut auf, dass Reden zwecklos wäre. So hat er eine Entschuldigung für sich selbst.

Mitten in dem schweigsamen Krach sitzt Berg auf einer Ecke der Matratze und betrachtet das Plakat von Janis Joplin. Von Zeit zu Zeit nickt er mit dem Kopf zum Rhythmus der Musik, meistens ist er jedoch unbewegt. Kann doch nicht sein, dass die Musik so einfach durch ihn durchgeht, denkt Udo. Er würde sich am liebsten schütteln zur Musik. Er lässt es, weil es wahrscheinlich nicht lässig genug aussieht. Und wie etwas aussieht, ist ihm immer noch sehr wichtig. Lässiges Aussehen steht ganz oben auf seiner Werteskala.

Berg ist das egal, wenn er nur genug zu rauchen hat. Er trägt zu jeder Jahreszeit weite Wollpullover mit Wollmäuschen auf Ärmeln, Brust und Rücken. Weit hauptsächlich, damit man sein dürres Gerippe nicht sieht, Wollmäuschen, weil die Dinger uralt sind. Die Oma hat sie noch gestrickt.

Doch die Oma ist längst tot. Deshalb erzählt Berg niemand mehr, dass er ein bisschen auf sich aufpassen soll, dass man nicht klauen soll, dass man in der Schule zuhören soll. Bergs Vater erteilt keine Ratschläge. Er sitzt hinter der Kasse, murmelt beim Kassieren irgend etwas, das Leben läuft an ihm vorbei. Vielleicht weiß er sogar, dass sein Sohn ihn ständig beklaut. Er geht darüber hinweg.

In Bergs Familie herrscht Stille, manchmal dröhnende Stille. Wenn es ganz leise wird, muss er weg und läuft bis ans deutsche Eck, wo die beiden Arme der Niers nach dem Stadtpark wieder zusammenfließen. Dann sitzt er auf der Holzbank, die um den Baum auf dem Ende der Insel gebaut ist, raucht und schaut ins Wasser, das auf dem Weg nach Holland ist und wünscht sich weit weg.

Ein paar Jahre später geht der Wunsch in Erfüllung, anders, als er sich das vorgestellt hat.

Lange davor hat er Udo mal ein Stück Opium mit in den Keller gebracht. Es riecht ein wenig wie schwarzes Haschisch, aber es wirft einen um.

Das finden beide toll. Reden ist nun wirklich nicht mehr nötig. Es geht auch gar nicht mehr.

Aber Bergs Dealer hat nicht immer Opium in seinem Bauchladen. Nimm doch mal Heroin, das ist genauso toll, sagt er. Berg probiert es aus, er raucht es zunächst und rauscht beim ersten Mal in einer Woge heißen Glücks in einen tiefen Frieden. Das kannte er noch nicht, so ließ sich die Welt abschalten, es war ganz anders als die dröhnende Stille zu Hause.

Udo kann er vorerst nicht davon überzeugen, denn der hat zu viele böse Geschichten gehört.

Vor lauter Langeweile raucht er eines Tages mit. Es geht ihm wie Berg, er findet eine Sensation von Frieden und Ruhe, die er sich nie hatte vorstellen können.

Die Sensation wird von Mal zu Mal kleiner, bald besiegt der Konsum nur noch die schwitzende Aufregung, das Zittern, das sie nur schwer verbergen können. Es ist die Zeit, als die Spritze in ihr Leben tritt, lange Ärmel, die Suche nach unverdächtigen Einstichstellen an Füßen und Bauch, die Sucht als Lebenszweck.

Die Langeweile hat sie in eine verzweifelte stille schwarze Nacht geschickt, einigermaßen lebendig fühlen sie sich nur noch, wenn das Pochen im ganzen Leib mal aufhört, ganz kurz. Die Zeit bekommt ihren Rhythmus allein durch die Droge.

Udos Gleichgültigkeit zerbröselt in einem Schema, das er nicht bestimmt.

Die Droge ist wie ein Gott, der nur nimmt. Udo bezahlt ihn mit Diebesware.

Das Ende ist gar nicht so recht geplant, es ist allerdings ohne Ausweg.

*

Manchmal frage ich mich, ob Berg auch irgendwo hier ist wie ich. Ob er noch in dem Auto sitzt, mit Udo am Lenkrad, das sie am Baum vor der Gaesdonck zerbröselt haben. Ob er den Aufprall selbst gar nicht erlebt hat und erst einmal in Millionen kleine Teile zerfallen ist, ehe er in diesem anderen Zustand wieder zusammenkam, wie ich es erlebt habe.

Ich halte es für wahrscheinlich, aber vielleicht hat das Schicksal, der liebe Gott oder sonst wer für jeden so eine eigene Art von Ewigkeit vorgesehen. Klauen muss Berg sicher nicht mehr, und Drogen braucht er auch nicht mehr. Ob ihm das Frieden gibt? Keine Ahnung. Schön wär's.

Kapitel 5 - Heike

Band: The Mamas and the Papas

Lied: California Dreamin'

Heike findet die kleinen Jungs lästig, ihre scheuen Blicke, mit denen sie angehimmelt wird, diese Mischung aus kindlicher Bewunderung und in den Genen angelegter, heranwachsender Gier in den Augen, die rot angelaufenen, aufgeregten Milchbubi-Gesichter. Am liebsten wäre sie unfreundlich und barsch wie Hüppie, das hält die kleinen Jungs wenigstens auf Distanz, es ändert aber auch nichts an den Blicken, die ein ständiges Feuerwerk sind, über das sie einfach nicht hinwegsehen kann. Sie spürt es sogar im Rücken.

Das ist wahrscheinlich in der Kleinstadt so, am Niederrhein, denkt sie. Denn sie ist erst im vorigen Sommer hergekommen. Ihr Vater ist bei der Bundeswehr, er wurde versetzt, die Familie zog mit. Von Nord nach Süd, von Ost nach West, das kannte sie schon. In diesem Fall ging es von Bremen nach Goch, aus der Stadt an der Weser mit Straßenbahnen, vierspurigen Straßen und einem Bundesligisten in dieses größere Dorf mit einem Bahnanschluss nach Kleve in der einen und Kevelaer in der anderen Richtung, mit Bussen, die ein-, zweimal am Tag das „Zentrum" mit den noch kleineren Dörfern verbinden, und zwei Fußballvereinen, von denen der eine in der vierten, der andere in der fünften Liga spielt.

Den Dialekt hat sie gar nicht erst mitgebracht, die Laufbahn des Vaters ließ ihr keine Zeit, in irgend einem Dialekt heimisch zu werden. Die Gocher Realschule ist schon ihre dritte Schule. Probleme mit ihren Mitschülern hatte sie nicht – und die nicht mit ihr. Anders als Hüppie oder die kleinen Gocher, die bereits so stur sind wie die großen, kann Heike nicht barsch sein und unfreundlich schon gar nicht.

In ihr wohnt eine grandiose Liebenswürdigkeit, eine Grundfreundlichkeit, die aus ihrem hellen Gesicht mit den hochstehenden Wangenknochen nach außen dringt und aus den hellblauen großen Augen leuchtet, die wie von kleinen Adern marmorierte Kugeln in ihrem Kopf liegen. In ihrem begütigenden und bestätigenden Augenzwinkern gibt es für jeden das Signal: Es ist schon gut so, es wird zumindest alles wieder gut. Kein Wunder, dass alle gern mit ihr zusammen sind, selbst jene, die sie lieber nicht um sich hätte. Es ist das ewige Leid der guten Menschen. Sie können es sich nicht aussuchen, selbst wenn sie das wollen. Ihr großes Talent ist gleichzeitig ihr großer Fluch.

Heike trägt ihr hellblondes Haar fast wie die Jungs – die älteren Jungs. Es ist in der Mitte gescheitelt und fällt ihr weit über die Schultern auf den Rücken, manchmal flicht sie sich Zöpfe und sieht dann bayerisch aus, es fehlt dann nur das Dirndl, das sie freilich nie anziehen würde. Sie ist erst fünfzehn, aber sie sieht aus wie 18, mit Grübchen in den Wangen, wenn sie lächelt, und einem beeindruckenden festen Busen, der sich zur freudigen Erregung aller männlichen Wesen ziemlich gut unter der weißen Bluse mit den bunten Stickereien abzeichnet – noch besser unter dem blauen T-Shirt mit der Batiksonne, das sie selbst gefärbt hat.

Auch wenn ihre Mutter immer herumnörgelt, trägt sie keinen BH. Nicht einmal in der Schule, was sogar die Lehrer ein bisschen verrückt macht, die sie sehr gerne an die Tafel holen und versonnen von der Seite ihre Silhouette vor dem Fenster anstarren. Dabei gehen auch den Routinierten im offenkundigen Tagtraum schon mal die Fragen aus. Die älteren Jungs machen fast jeden Tag eine Art Balztanz um sie herum, die jüngeren hocken in stummer Verehrung.

Sie weist niemanden ab. Das ist ihr Problem. Sie kann es einfach nicht.

Sie kommt mit ein paar Jungs aus ihrer Klasse zur Wiese am Transformatorhäuschen. Ihr Lachen ist manchmal das Grundrauschen der Nachmittage, sie ist schnell ein anerkanntes Mitglied dieser kleinen Gemeinschaft. Sie empfindet es jedenfalls als Gemeinschaft. Und sie glaubt, nun Freunde zu haben, denen sie erzählt, wie sie die Welt sieht, wie das in Bremen war, wo es an der Weser die Ahnung gibt, wie nah das Meer ist, wenn die Möwen bis zum Osterdeich fliegen, und denen ihre Augen immer auch ein bisschen von der großen Verletzbarkeit erzählen wollen, was ihre neuen Freunde allerdings nicht sehen, weil sie es nicht sehen wollen.

Wie lange das halten wird, weiß sie nicht, niemand kennt die Pläne der Nato und den nächsten Dienstort ihres Vaters, wo das Ganze dann von vorn anfangen wird, wo es die nächste Schule für ein paar Jahre gibt, den nächsten Treffpunkt, die nächsten neugierigen Jungs, die nächsten Geschichten, vielleicht dann solche von Goch, dem Niederrhein und dem Transformatorhäuschen am Freibad. Vielleicht bleibt auch alles, wie es ist, und die Wanderschaft hat ein Ende.

Zu Hause erzählt sie nichts von den Treffen auf der Wiese, von den Abstechern zu van Issum an der Frauenstraße oder den Abenden in der Disco an der Jakobstraße. Sie sagt, sie geht zu Freundinnen. Ihrer Mutter reicht das, dem Vater ist es offensichtlich gleich. Im Wohnzimmer des Reihenhauses in der Nähe der Kalkarer Straße in der Gegend, die von den Gochern verächtlich „Känguruh-Siedlung" (kleiner Beutel, große Sprünge) genannt wird, fällt er nicht auf.

Er ist leise, und er verschwindet nach Feierabend, wenn er die Uniform mit den silbernen Sternen auf der Schulter abgelegt hat, wie ein Stück der Ausstattung, ein Möbel aus Fleisch und Blut zwischen Möbeln aus Holz und Kunststoff. Wahrscheinlich muss er tagsüber in der Kaserne genug bestimmen und organisieren, denkt Heike. Zu Hause hält er sich raus.

Der Fernseher ist sein verlässlichster Partner. Mit dem muss er nicht reden, die Verbindung wird mit dem An-/Aus-Knopf und dem Drehschalter zur Programmsuche aufrecht erhalten. Seine Fernsehfamilie besteht vor allem aus Peter Frankenfeld, Hans-Joachim Kulenkampff und Wim Thoelke, die er aus seinem Sessel anlächelt, als könnten sie ihn sehen und deren Witze er großartig findet. Seine Welt besteht dann aus einer Einbahnstraße vom Sessel zur Mattscheibe, das Drumherum verschwindet, er blendet es aus.

Manchmal versucht Heike sich zu erinnern, wann er das letzte Mal mehr gesagt hat als Guten Abend, Guten Morgen, Guten Appetit. Es muss lange her sein. Ob es Erschöpfung ist oder Melancholie, die ihn so sprachlos machen, kann Heike nicht erkennen. Mit ihrer Mutter redet sie nicht darüber, mit ihren neuen Freunden auch nicht. Der Mutter wäre es peinlich, die neuen Freunde würde es nicht interessieren. Das glaubt sie jedenfalls.

Sie alle nehmen ihr eigenes Zuhause mehr als einen gelegentlichen Stützpunkt wahr, an dem es Nahrung und ein Bett gibt. Eine tiefere Beziehung lassen sie nicht zu, das verträgt sich nicht mit der angesagten Haltung, die etwas von Freiheit, Ungebundenheit, aber auch Ablehnung und einem diffusen Protest gegen Eltern, Familie, alte Regeln erzählt.

Bei den meisten dauert es einige Jahre, bis sie erkennen, dass diese Haltung ziemlich blöd ist, weil sie keine Erfahrung zur Grundlage hat, sondern nur versucht nachzufühlen, was die überhöhten Helden des Alltags vorzugeben scheinen. Es ist eine Übersetzung der Popkultur und damit etwas Neues in der Geschichte, das immerhin. Das aber wissen sie nicht, die auf der Wiese versuchen zu sein, wie sie sich Mick Jagger, Jim Morrison, Jimi Hendrix und Janis Joplin vorstellen.

Heike wäre gern wie Janis Joplin, so frei, so wild, so bockig, so eigenartig, so unordentlich, ja, auch so unordentlich. Auf Fotos vom Musikexpress hat sie sich ihr eigenes Bild von Janis Joplin in einem dekorierten Chaos aus Schuhen, Schals und Bändern machen können. Aber sie kann schon zu Hause nicht dem Drang widerstehen, Ordnung zu halten. Auf ihrem Bücherregal sieht es aus wie in der Ausstellung eines Möbelhauses, in ihrem Zimmer liegt nie ein Kleidungsstück herum, niemand muss sie zum Aufräumen anhalten.

Auch das findet sie gut, wenn sie lange genug darüber nachdenkt, denn damit zähmt sie etwas, das unterhalb ihrer umfassenden Freundlichkeit lauert, das sie spürt, aber nicht vorlassen will. Sie weiß, dass es sie verrückt machen könnte, deshalb verrückt sie die Sachen in ihrem Zimmer höchstens, um sie gerade hinzustellen. Sogar die Schuhe stehen in Reih und Glied – so wie die Soldaten beim Vater in der Kaserne, die sie wiederum auch nur von Bildern kennt. Die Kaserne liegt auf einem anderen Planeten. Es gibt viele Planeten in dieser Zeit.

Über dieses Gefühl, sich selbst zu belauern, redet sie ebenso wenig wie über ihren Ordnungssinn. Den könnten ihre neuen Freunde sicher nicht begreifen, die ihre Behausungen mit großer Hingabe wie Janis Joplin als wilde Halde von Kleidungsstücken, Heften, Büchern und Erinnerungsstücken gestalten. Für sie ist das ein Zeichen für Widerstand und Eigensinn. Aufräumen dürfen wohlerzogene Spießer, und dazu gehören sie natürlich nicht.

Auf der Wiese kann von Sprachlosigkeit keine Rede sein, auch nicht bei Heike. Sie spricht mit dem, sie spricht mit jenem, sie lächelt, es perlt geradezu aus ihr heraus. Aber das ist gleichzeitig ihr Schutzprogramm, nur eine Form inniger Unnahbarkeit, denn über das, was sie bedrückt, redet sie nicht, niemals, sie hüpft eher über die Allgemeinplätze, das ist ungefährlich, auch für sie selbst.

Sie hält Abstand, aber das merkt niemand. Denn alle spüren doch, wie viel Liebe Heike in sich hat. Aber diese Liebe gilt eigentlich allen, sie hat kein rechtes Ziel. Das schmerzt sie häufig, weil sie glaubt, damit niemandem gerecht zu werden und eine große Kraft ohne Richtung zu verschwenden. In Wirklichkeit wird sie nur sich selbst nicht gerecht.

Dabei spielt Gerechtigkeit in ihrem Denken und Fühlen eine Hauptrolle. Wenn einer auf der Straße mit seinem Hund schimpft, kann sie das ebenso erschüttern wie Bilder von unterernährten Kindern in Biafra, die Nachrichten vom Vietnam-Krieg, Lehrer, die sich an Außenseitern abarbeiten, oder ein grobes, unbedachtes Wort auf der Wiese am Transformatorhäuschen. Es kommt für sie alles aus der gleichen Bibel der Bösartigkeit, die sie zu kennen glaubt und in der sie deshalb auf keinen Fall blättern will.

Die Erschütterung über die Ungerechtigkeiten und Bösartigkeiten verbirgt sie hinter dem gütigen Zwinkern der Augen, einem Blick, der um Ausgleich und eine freundliche Welt fleht, indem er die Verzweiflung öffentlich ausblendet, die sich doch am Offensichtlichen in der Welt nährt.

Am besten kommt sie mit Ole aus, ihrem Freund, der so lange um sie geworben hat, dass sie überzeugt davon ist, es sei ihm wirklich ernst. Er tut zunächst mal nichts, ihr das auszureden. Vorerst geht es ihm um Eroberung, wär doch gelacht, wenn ich die nicht auch rumkriege. Da erträgt man auch das übliche Gerede von Liebe und Zukunft. Es ist ein Rollenspiel.

Ole ist groß und schlank, hat dunkle, halblange Haare, die er ständig mit der rechten Hand aus der Stirn wischt. Er hat eine angenehme Stimme, deren tiefer Grundton Heike schmeichelt. Und er lacht. Er lacht immer. Fast immer. Für Ole ist die Welt ohne Probleme, ein wunderbar treibendes Wasser ohne Balken, ein ständiger Sommer. Selbst durch prasselnden Regen läuft Ole mit einem strahlenden Lächeln. Die Welt ist gut, und aus Ole strahlt all das Gute. Fragen stellt er nicht, das könnte sein Bild ins Wanken bringen, und das will er nicht.

Natürlich ist Ole ein Jäger wie alle Jungs zwischen 15 und 50. Er legt lächelnd seine Fallen, umkreist sie wie ein Ein-Mann-Rudel verliebter Wölfe, schießt mit Pfeilen seines Charmes. So kriegt er Heike tatsächlich rum. Sie werden ein Paar, eines mit einem deutlich längeren Haltbarkeitsdatum als die unsteten Freundschaften um sie herum, die sich meistens nach einigen Wochen erledigt haben, in denen gelegentlich über Liebe gesprochen wird, das schon, die sich aber selbst die Zeit dafür nicht geben, weil es sie viel zu schnell durch die Welt treibt. Dieses fiebrige Tempo verträgt die Liebe nicht. Die meisten betreiben eher einen Sport, Jagdsport.

Ole ist für Heike ein Anker, wenn es ihr zu viel wird, das Denken, die Ungerechtigkeit, das tägliche Einerlei der kleinen Stadt, die ständigen Wiederholungen, die Schule, der Rhythmus der Tage, die bange Aussicht auf den nächsten Umzug, der dann doch nicht kommt, die gleichzeitige Angst vor der Endstation in dieser Einöde. Ole gibt ihr ein wenig Helligkeit, weil in seinem Denken keine Unwägbarkeiten vorkommen. Mach dir keinen Kopf, sagt er, ist doch alles easy.

Er findet dafür bei ihr eine Ordnung, die er nicht kannte. Wie willst du dein Leben in den Griff bekommen, wenn schon sonst alles ein großes Durcheinander ist?, fragt sie ihn und hört zugleich, wie das ihre Mutter ebenfalls sagen könnte. Darauf weiß er keine Antwort, weil er noch nicht darüber nachgedacht hat, sein Leben in den Griff zu bekommen.

Er muss sich eingestehen, dass da viel erwachsenes Denken ist, zu dem er nicht fähig ist oder nicht fähig sein will. im Stillen muss er sich das eingestehen. Laut sagen würde er es nicht. Das würde nicht zu der Rolle passen, die er sich selbst verordnet hat – zu dem Platz über den anderen, der lässigen Überlegenheit. Also lässt er Heike aufräumen, sortieren, falten, glätten. Hauptsache, er muss es nicht selbst tun.

Von wegen, alles ist easy, sagt Heike, guck dich doch mal um.

Sie will einen skeptischen Blick loswerden, aber das passt wiederum nicht zu der Rolle, die sie für sich selbst vorgesehen hat. In der Öffentlichkeit, auch wenn es die Öffentlichkeit in der Begegnung mit Ole ist, wird aus skeptischen Blicken immer ein Lächeln, das anfangs vielleicht zwischen süß und sauer liegt, bald aber eine Spur der Entspannung über das ganze Gesicht zieht.

Aus Heikes umfassender Freundlichkeit wird immer wie auf Ansage ein warmes, romantisches Glühen, das am Ende tatsächlich den Bauch in Vibration versetzt und sogar die kleinen Härchen auf den Armen in kurzen Schauern aufrichtet. Es ist eine physikalische Illusion, die sich selbst nährt, eine Programmierung. Sie bildet sich ein, dass es so sein muss, und dann ist es so. Eine Inszenierung, ein kleines Theaterstück für eine Person. Eindrucksvoll gespielt, das auf jeden Fall.

Wenn sie könnte, würde sie die ganze Aufmerksamkeit Oles auf sich ziehen, in eine andauernde Zweisamkeit, die alles andere nur als Begleitung hinnimmt, aus dem Einpersonen-Stück eines für zwei Personen machen. Aber das geht nicht, denn Ole lässt sich nicht binden. Er reserviert sein Strahlen nicht, er teilt es mit allen, bedenkenlos.

Und er teilt viel mehr mit allen. Er bemerkt nicht einmal, dass seine Hinwendung zu einer immer auch eine Abwendung von einer anderen ist, weil da viele sind. Das ist ihm egal, auch was die anderen denken und fühlen, ist ihm egal. Ole macht sich eben keine Gedanken, er gibt, ohne es zu wissen, und er nimmt, ohne es zu merken. Es kümmert ihn nicht, alles ist normal, nach seiner Norm selbstverständlich.

Ole stellt nichts in Frage, schon gar nicht sich selbst. Auf der Wiese, in der Kneipe bei van Issum oder in der Disko bei Backes genießt er den Respekt der Jungs, die sich wie Männer fühlen, und die Aufmerksamkeit der Mädchen, die sich für Frauen halten. Er steht an der Spitze der Nahrungskette, ihm wird geliefert. Zuträgerdienste leistet er nicht.

So will er das auch bei Heike. Dass er natürlich andere ebenfalls küsst und manchmal mit in seine Wohnung in einem der Genossenschaftshäuser mit den dunklen Backsteinfassaden an der Kalkarer Straße nimmt, wo es immer mehr gibt als nur Küsse, findet er zwangsläufig, es ist ein Teil seiner Weltordnung.

Wenn Heike danach fragt, sagt er: Ich gehöre keiner, du musst mich schon nehmen, wie ich bin.

Wenn Heike allerdings mit dem schlauen Franz schäkert und Ole sieht, dass sie ihm ein Küsschen auf die Wange gibt, wird Ole sauer. Du gehst mit mir, sagt er und lacht ausnahmsweise mal nicht.

So kennen ihn die anderen nicht, seinen Jähzorn und seine Eifersucht hat er für Heike reserviert, auch das ist eine Form seiner kümmerlichen Liebe, die ausschließliche Wut.

Später, als sie schon lange zusammen wohnen, als er ihr gefolgt ist wie ein geiler Kater, als Jäger längst selbst gefangen im ewigen Prozess der Jagd, als die Nachmittage am Transformatorhäuschen eine verblassende Erinnerung an ein paar Wochen des gemeinsamen Aufbruchs aus der Kindheit sind, da droht er ihr, wenn sie andere Männer für seinen Geschmack zu lange angeschaut hat. Manchmal schubst er sie herum, manchmal schreit er mit lodernden Augen: Ich hau dir eine rein! Manchmal tut er das auch. In der Schule sagt sie, das blaue Auge habe sie sich beim Zusammenstoß mit einer

Schranktür in der Küche geholt. Ihre Mitschüler glauben das sogar. Wenn sie wüssten, was sie nicht wissen sollen.

Sie haben keine Ahnung.

Ihr Leben gibt sie ihnen so wenig preis wie früher den kleinen Jungs oder den Freundinnen auf der Wiese. Sollen sie doch denken, was sie wollen.

Weil sie ihre Gefühle unter Verschluss hält, zunehmend auch gegenüber Ole, eigentlich schon lange ihm gegenüber, der sich ohnehin dafür nicht interessiert, verkümmert ihre große Liebeskraft, sie verdorrt regelrecht, sie kehrt sich sogar gegen sie, zündet ein fieses Feuer im Inneren an. Die Freundlichkeit verzieht sich hinter den Kummer, der unbemerkt gewachsen ist und alles grau und langsam macht. Es ist nun ständig später Herbst oder Winter, es ist kalt, und die Gedanken an den zurückliegenden und vielleicht mal wiederkehrenden Sommer helfen überhaupt nicht weiter. „California dreamin' on such a winter's day". Es ist, als hätten die Mamas and the Papas das nur für sie geschrieben und gesungen.

Auch sie würde auf die Knie fallen und um eine Umkehr flehen, aber das kommt ihr so schal und vorgetäuscht vor wie im Lied. „Stopped into a church, I passed along the way. Well, I got down on my knees, and I pretend to pray. You know the preacher like the cold, he knows I'm gonna stay." Es ist ausweglos.

Nur die Dunkelheit stillt den lodernden Schmerz ein bisschen, der Rückzug in eine dumpfe Trauer ohne dramatischen Ausschlag, ein beinahe taubes Absinken in ein tiefes, geräuschloses Wasser. Tagelang sitzt sie herum, schaut aus dem Fenster und denkt ans Meer, das große blaugrüne Meer und seine Wellen, die sie mitnehmen, ohne Fragen, ohne Bitten, mit Wucht und Bestimmtheit. Selbst der Ordnungssinn kommt ihr jetzt gelegentlich abhanden. Es ist fatal, es schmeckt nach nichts und riecht muffig und verdorben.

Der Gedanke ans Meer und die Kraft der Wellen, in denen die Sonne glitzert, gibt ihr einen kurzen Frieden. Aber der Frieden hält nie lange, die Bilder verblassen schnell. Irgendwann wird es ein Dämmern, unterbrochen nur vom lauten, keckernden, höhnischen Lachen teuflischer Wesen, die nachts im Traum mit heißen Lanzen drohen und deren ledrige Schwingen ihr durchs Gesicht fahren.

Sie fällt in sich zusammen. Selbst das gütige Blick verschwindet. Die langen Haare schneidet sie ab, zurück bleiben nicht mehr als ein paar Büschel, die sie abwechselnd schwarz und fast weiß färbt, damit sie nicht mehr an sich selbst denkt.

Und Ole? Ole macht sein eigenes Ding, er nimmt sie überhaupt nicht mehr zur Kenntnis, sie ist unsichtbarer als ihr eigener Vater am Feierabend im Wohnzimmer. Gelegentlich brüllt er sie noch an, schubst sie herum, aber meistens hat er nicht mal mehr dazu Lust und Energie. Im Bett gehen sie sich aus dem Weg. Sie schläft meistens schon, wenn er sich hinlegt, oder sie tut so. In besseren Momenten verwechselt er seinen verblassenden Jähzorn und seine immer noch leise brütende Eifersucht mit Zuneigung. Sie verwechselt schon lange nichts mehr.

Es dauert Monate, bis sie ihn vor die Entscheidung stellt. Eigentlich ist es gar keine Entscheidung, auf jeden Fall keine Wahl. Du musst gehen, sagt sie mit einer Stimme, die so lange gebraucht hat, dass sie keine Widerrede mehr duldet. Das zumindest hört er heraus. Er packt tatsächlich seine Sachen, sogar die Eifersucht ist verglüht unter den dicken Matten der Belanglosigkeit.

Das müsste sie freuen, aber es wirft sie regelrecht um. Es gibt Tage, da geht sie nicht vor die Tür, nicht zur Schule, nicht zum Einkaufen, nicht zu Freunden. Wenn sie mal die Kraft dazu findet, zieht sie an der Tür eine Maske über das kummervolle Gesicht. Fröhlich ist diese Maske, sogar die Stimme passt sich an. Alles ist gut, sagt sie, alles ist gut, alles ist gut. Es ist ein Mantra, aber es hat keinen Zauber, für sie jedenfalls nicht. Für die anderen ist es nur eine gelungene Täuschung. Und kaum einer fragt mal nach, die meisten sehen nur die Maske.

Heinrich ist eine Ausnahme, der große Metzgersohn mit dem dicken schwarzen Bart und einem großen Herzen, das wahrscheinlich die halbe Brust ausfüllt. Er hat schon lange gesehen, dass sie dabei ist, sich zu verlieren. Er ist vielleicht der Einzige, der da genauer hingeschaut hat. Die anderen sind an

Trauer und Verzweiflung einfach nicht interessiert. In ihrem Leben ist alles prima, sie leben in einem Poesiealbum.

In Heikes Gesicht malt sich das Elend der Nächte in harten, viel zu harten Zügen ab, der magere Körper hängt regelrecht durch, ganz ohne die frühere Spannung, ohne Lust, ohne Antrieb, wie ein geschlagener Boxer in den Seilen. Wo früher perlendes Plaudern war, kommt jetzt kaum noch ein vollständig zu Ende gemurmelter Satz. Sie wird einsilbig, tonlos.

Du musst runter von dem Trauertrip, sagt Heinrich, so geht das nicht weiter.

Er nimmt sie einfach mit und pflanzt sie an einem anderen Ort wieder ein. Ihre Wurzeln sind nicht stark, sie wehrt sich nicht, sie nimmt es nur am äußersten Rand eines inzwischen großflächig betäubten Bewusstseins wahr, in einem Land zwischen tiefer Qual und Selbstmitleid. Ein Zusammenbruch nach allen Regeln der Kunst.

Die ersten Tage bleiben düster, voller Schmerzen und Alpträume, ohne echte Gegenwart. Sie laufen ineinander über ohne Raster, ohne Licht, in einem langen Schatten. Dass sie zu essen und zu trinken bekommt, bemerkt sie erst später. Ganz langsam kommt das Licht zurück, das Gefühl. Bald sieht sie die Menschen um sich herum. Freunde, die lächeln.

Nach ein paar Monaten ist sie über den Berg, die stummen Schatten der Hölle weichen aus ihrem Bewusstsein und aus ihren Träumen, sie verscheucht sie mit großem Nachdruck, einer Kraft, die sie an sich selbst nicht kannte. Sie ist blass, aber der Körper strafft sich wieder, die Schultern sind gerade, die Augen haben Licht, sogar das alte Zwinkern ist wieder da.

Einige Jahre, es müssen Jahre sein, verschwindet sie von meinem Radar, wenn ich das so nennen darf. Als sie zurückkehrt in die kleine Stadt und in mein Sichtfeld, ist sie gesund, kerngesund. Der alte Glanz wohnt wieder in ihrem Blick, die Freundlichkeit, aber auch diese neue Kraft, die sie selbst noch entdecken muss und die ihr manchmal einen fröhlichen Schrecken einjagt, als wenn das Herz vor Freude mal einen Schlag aussetzt. Sie muss am Meer gewesen sein.

Der Rest geht wie von selbst.

Sie macht die Schule fertig, studiert, und sie wird Therapeutin – natürlich wird sie Therapeutin, und natürlich arbeitet sie irgendwann mit Menschen, die durch ebenso dunkle Welten wandern müssen, wie sie selbst das getan hat. Sie zeigt ihnen Ausgänge, die nur diejenigen kennen, die mal so weit unten waren, dass sie sich selbst nicht mehr fühlen.

Sie gibt anderen Leben Linien und Halt, weil sie nun fester steht auf diesem sich ständig bewegenden Globus, der wie ein Wunder jeden Tag seinen

Weg durchs All findet, auch weil sie nicht mehr allen gerecht werden will. Nur sich selbst. Das hat sie sich vorgenommen, und das wird sie nie mehr vergessen.

Kurz spielt sie mit dem Gedanken, nach Indien zu gehen, weil sie sich angezogen fühlt von der Mystik der östlichen Religionen. Und ganz kurz träumt sie davon, sich in den Dienst des Bhagwan zu stellen, der mit Erfolg bei den Liebenswürdigen um Gefolge wirbt, bei denen, die vielleicht mal Hippies waren oder jenen, die gern welche gewesen wären. Unter allen Mädchen, die im Sommer 1971 am Transformatorhäuschen saßen, müssen sich einige befunden haben, die später am liebsten in Orange herumgelaufen wären, um den Hals das Bild des großen Osho an der Kette, die sie Mala nennen.

Zum Glück ging diese religiöse Revolution ohne große Wirkung an Goch vorbei. Auch Heike pflegt den Hang zur Esoterik dann lieber in harmlosen kleinen Teestunden, bei Räucherstäbchen, dem Legen von Tarotkarten und gelegentlichen Séancen, einem modischen Gesellschaftsspiel, bei dem allerlei frühere Bekannte fundamentale Beweise ihrer Existenz im Jenseits abzuliefern scheinen.

*

Von meiner Warte aus konnte ich das mit einigem Amüsement verfolgen, dazu bin ich immerhin noch fähig. Ich habe sogar mal versucht, eigene Botschaften an das Tischchen mit den Buchstaben zwischen die schwitzenden und leise zitternden Hände der älter gewordenen Mädchen zu senden. Aber natürlich ist mir das nicht gelungen. Ich kann ja auch in der ganzen Gocher Gegenwart und Vergangenheit sein, ohne dass mich jemand dabei bemerkt. Das Jenseits, so wie ich es kenne, ist einfach nicht tauglich für Séancen. Durch das, was ich vielleicht immer noch bin, gehen die Menschen einfach hindurch, und meine Botschaften hören sie nicht. Das habe ich lange nicht verstanden, inzwischen nehme ich es hin wie alles andere.

Ulkig finde ich übrigens, dass ich nicht weiter als bis in meine Zeit zurückdenken, zurückfühlen, zurücksehen kann. Ich wäre gerne auch in den Bereichen meiner Vorfahren, vielleicht könnte ich da noch etwas lernen, über sie oder über mich, über die Welt an sich, vielleicht auch über Séancen und wie man die Botschaften sendet. Aber das geht leider nicht. Zumindest insofern ist die Ewigkeit also doch nicht unermesslich, was mich betrifft. Sie hat einen Anfang.

*

Heikes Séancen mit den Freundinnen haben außer dem schwer verständlichen Verzehr von Tee mit Vanillegeschmack weder andere seltsame Begleiterscheinungen noch böse Folgen. Der kleine Kreis muss sich unter anderem nie dafür verantwortlich fühlen, dass der bärtige Heilige aus Indien sich von naiven, meist jungen Menschen aus aller Welt eine illustre Flotte edler Rolls Royce-Limousinen finanzieren ließ. Der Guru, der immer so aussah wie sich Coca-Cola den Weihnachtsmann vorstellt, war eben nicht nur an Transzendenz, sondern ganz sicher stark an diesseitigem Glück und Wohlergehen interessiert. Den Beitrag seiner Jünger forderte der Weihnachtsmann selbstverständlich ein, ihre späteren Nöte kümmerten ihn nicht.

Die Gocher machten da nicht mit, weil sie dann wohl doch zu sehr skeptische Kleinstädter waren, die allem Großen mit einem Schuss Misstrauen begegnen, großen Städten, großen Menschen, großen Gesten, großen Worten und großem Geld. Das hinderte sie daran, sich ein Flugticket für den Ashram in Poona zusammenzusparen.

Heike kann das bald als weiteren eher spätjugendlichen Umweg oder als notwendige zeitweise Verirrung ablegen. Sie hat längst begriffen, dass Güte auch mal ausgenutzt werden kann. Und das ist eine zwar banale, aber wahrscheinlich die wichtigste Lektion in ihrem Leben, weil sie sich das vorher nie klargemacht hat.

Ole verlässt die Stadt, sie sieht ihn nie wieder.

Und Heinrich? Heinrich bleibt ein guter Freund. Dass er gern mehr gewesen wäre, das ahnt sie. Es gibt ihr einen kleinen Stich, wenn sie merkt, dass er ein bisschen näher rücken will, und sie ihn doch vorsichtig zurückweisen muss. Dem leisen Drängen nachzugeben, hätte sich nicht ehrlich angefühlt. Und Ehrlichkeit haben Freunde doch am meisten verdient, oder?

Das kennen wir alle, denkt sie dann, jeder hat so eine unerfüllte Liebe, so ein Sehnen, das ein Ziehen im Bauch bewirkt, ein Flattern, in dem die Vergeblichkeit mitfliegt. Daran kann man nichts ändern. Nur mit Betrug und Selbstbetrug. Und wer will das schon?

Kapitel 6 - Ginger

Band: The Rolling Stones

Lied: Street Fighting Man

Wir nannten ihn Ginger, weil er rote Haare hatte und so aussah wie eine jüngere Version des Schlagzeugers Ginger Baker von Cream. Seine Haut war ganz hell, und sie war gesprenkelt mit Sommersprossen. An den Handgelenken trug er bunte Bänder. Sie flatterten, wenn er sprach, denn er fuchtelte mit den Armen beim Reden und zerteilte die Luft dabei in unsichtbare große Brocken.

Es nützt doch nichts, dass „Time" Willy Brandt zum Mann des Jahres gewählt hat, sagte er zu Georg, wenn bei uns noch alte Nazis in der Verwaltung sitzen.

Der rechte Arm fuhr von unten nach oben und nach hinten, es war wie ein Abwinken oder der Anfang von einem Quadrat.

Georg nahm er einigermaßen ernst, weil der zumindest wusste, wer gerade im Bundestag die Mehrheit hat, und dass in den USA einiges auf Truppenabzüge aus Vietnam hindeutete. Die anderen am Transformatorhäuschen waren für Ginger Publikum ohne politischen Hintergrund, eine dumpfe Menge an Zuschauern, die zufrieden war mit ein bisschen Musik aus dem Kassettenrekorder und die ihm nur zuhörte, weil er mit seinen Reden ein paar bunte Kleckse in die Ödnis tupfte.

Was er so sagte, verstanden die meisten sowieso nicht. Also machte er sich auch nicht die Mühe, es zu erklären.

Ginger war noch immer davon überzeugt, dass es auch in Deutschland eine Revolution geben würde. Für ihn waren die Mitglieder der Baader-Meinhof-Bande Helden, und er nannte sie nicht Bande, sondern Gruppe, wie sie selbst das taten. Ihre Steckbriefe, die in der Sparkasse und anderen öffentlichen Gebäuden hingen, betrachtete er mit feierlichem Ernst. Sie waren für ihn so etwas wie die Alben mit den bunten Sammelbildchen von Fußballern, die sich die Kinder vor Welt- und Europameisterschaften oder vor Beginn der Bundesliga-Spielzeit anschafften.

Nur dass er für seine Sammelalben nichts bezahlen musste. Und nach Hause nahm er sie auch nicht mit, außer in seinen glühenden Gedanken, die er mit ihren Bildern tapezierte und in denen er sich und sein Fahndungsfoto gemeinsam mit ihnen, seinen Genossen, auf Plakaten in der Sparkasse hängen sah.

In Gingers Vorstellung kämpften Anarchisten für eine bessere Welt, und in seinen Tagträumen sah er sich auf seinen schmalen Schultern die Revolution nach Goch tragen. Für die 68er-Generation, die sich gerade anschickte, auf einen langen Weg durch die Institutionen zu gehen, hatte er nur Verachtung, hauptsächlich, weil er zu spät geboren war, um ihr angehören zu können. Aber das verriet er natürlich nicht. Vielleicht war es ihm auch gar nicht klar.

Als miese Theoretiker tat er sie ab, Muttersöhnchen, die nach ihrem Abenteuer-Urlaub als Studenten bei Demonstrationen und in wilden Wohngemeinschaften nun wieder als Lehrer, Anwälte und Ärzte Teil des Establishments wurden, obwohl sie versicherten, auf der richtigen Seite zu stehen. Das wusste Ginger aber besser.

Wer nicht gegen das Schweinesystem kämpft, der unterstützt es nur, erklärte er, und diesmal fuchtelten beide Arme in der Luft herum wie bei den tanzenden Mädchen bei Backes in der Disko, nur nicht so gefühlvoll. Er wiegte sich auch nicht in den Hüften. Schließlich ging es hier um ernsthafte Politik. Die hatte einen zackigen Rhythmus.

Und wie willst du dagegen kämpfen?, fragte Georg, Brandbomben ins Rathaus werfen oder in Indefreys Modeladen oder den Geschäftsführer von P&Q entführen?

Das wär schon mal ein Anfang, aber hier gibt's ja niemanden, der mitmachen würde (enttäuschtes Abwärts-Fuchteln).

Meinst du nicht, man müsste die Leute erst mal davon überzeugen, dass es ihnen gar nicht so gut geht, wie sie alle glauben, und ihnen dann zeigen, wer daran schuld ist?

Das dauert doch ewig (Arme hängen ganz tief).

Ich wette, du findest nicht mal hier jemand, der mehr als ein Plakat mit ein paar Parolen tragen würde.

Weil die Jungen schon solche Penner sind wie die Alten. Aber die werden sich noch alle wundern (zwei geballte Fäuste). Und dann ist es zu spät. Wer nicht mit uns ist, der ist dann eben immer noch gegen uns.

Was heißt denn uns? Wo sind die denn?

Hier jedenfalls nicht (der rechte Arm beschreibt einen Kreis).

Na dann viel Spaß bei der Suche.

Das Publikum hatte sich längst abgewandt, es kannte den Verlauf der Debatte. Irgendwann hatte jeder genug von Bekehrungs- und Belehrungsversuchen. Und Ginger hatte keine Lust auf taube Ohren. Sie waren die Anstrengung nicht wert. So wurde das Scheitern der Revolution bereits früh auf der Wiese am Transformatorhäuschen angelegt, es ist und bleibt eben ein historischer Ort.

In Gingers Kopf lärmten derweil noch Parolen der Baader-Meinhof-Gruppe und ein Lied von Ton, Steine, Scherben: „Macht kaputt, was euch kaputt macht." Das war der Stoff, aus dem die Großstadt-

Revolte gemacht ist, das war die Melodie zum Häuserkampf, und das Zeichen auf der Mauer war das große A für Anarchie. Ginger pinselte es manchmal nachts auf Häuserwände, die im Schatten der Laternen lagen, damit man ihn dabei nicht entdeckte. Das war sein einsamer Kampf gegen das Schweinesystem, und dieser Kampf ließ das Herz klopfen wie eine Trommel. Es war ein großes Abenteuer, und es stärkte sein Sendungsbewusstsein.

Brave Bürger beschwerten sich in Leserbriefen in der Zeitung über Vandalismus und Zerstörung aller Werte. Darüber freute sich Ginger. Anarchie kam aber auch im Denken der Kleinstadt-Jugend nicht vor. Sie verharrte noch in stiller Bewunderung der Berliner Demonstrationen gegen den Vietnam-Krieg. Die große Zeit war drei Jahre her. Die Kleinstadt dehnte nun mal die Zeit.

Zu Hause betrieb Ginger die Revolution bevorzugt am Plattenteller. Ton, Steine, Scherben waren ihm eigentlich viel zu rau, sie klangen nach Garage und selbstgemacht, viel zu deutsch für seine Ohren. Seine Favoriten waren die Stones und sein Lieblingslied „Street Fighting Man". Wenn er die Verse hörte („Everywhere I hear the sound of marching, charging feet boy. 'Cause summer's here and the time is right for fighting in the street, boy"), dann fühlte er geradezu den nahen Aufbruch der Massen.

Wie ein Sturm würden sie das Alte aus dem Land fegen. Wie ein Sturm am Niederrhein, der in der Ebene über alles hinweg-, na eben –stürmt, wenn nicht gerade ein Wald im Weg steht. Wenn der Wind nur heftig genug geweht hat, sieht es im Reichswald immer so aus, als hätten Riesen Mikado gespielt. Für Ginger ein Sinnbild für die kargen Überreste des Schweinesystems, das sich gegen den Sturm der Massen auch nicht halten würde – so wenig wie das dürre Holz der Fichten, die nach dem Krieg gepflanzt worden waren, um den Kahlschlag der Bombenangriffe schnell zu bedecken – so wie alle hier die Erinnerung an Schuld und Verderben mit großen Planen vor dem eigenen Rückblick verdecken.

Aber es war eben nur ein Sinnbild. So wie am Ende die Musik selbst. Sie erledigte für ihn den Aufstand. Das war eine immerhin bequeme Arbeitsteilung.

Gleichzeitig machte sie ihn ruhiger und nahm die Energie zum Aufruhr. Wenn er ehrlich mit sich gewesen wäre, hätte er zugegeben, dass es ihm so am liebsten war. Die Stones sorgten für die Bilder, und Ginger musste sich nicht selbst in den Dreck werfen, mit Fäusten gegen Schlagstöcke kämpfen, im Strahl der Wasserwerfer stehen oder sich für den Kampf im Untergrund bewaffnen. Nicht mal eine Informationsreise in die Berliner Hausbesetzer-Szene konnte er sich ernsthaft vorstellen. Es reichte ihm, sein eigenes Bild davon wortreich zu beschwören.

Das Bild hatte er sich in den Illustrierten bei den Reportagen über die Kommune 1 in Berlin geliehen, es speiste sich aus den modernen Märchen über Rainer Langhans und Uschi Obermaier, die längst Teil der Unterhaltungsliteratur waren, Popkünstler der Politkultur. Und es passte ihm ganz gut, dass auch die Stones ihre Musik zur Revolte bereits vor drei Jahren unters Volk gesungen hatten. Alles war gut abgelegt und auf seine Art sicher.

Auf der Wiese am Zaun zum Freibad war das anders. Da war er ganz weit vorn in der Rangliste der Revolutionäre. Ziemlich genau genommen, konkurrierte auch niemand um den Platz da vorn. Wenn er nicht gerade mit den Händen und Armen fuchtelte und mit Sätzen um sich warf wie: Die 68er sind doch alle Spießer, die sind doch zufrieden, wenn sie auf ihrem Arsch im Trockenen sitzen und stundenlang diskutieren, dann saß auch er still auf seinem Arsch und wurde deshalb beinahe unsichtbar. Publikum hatte er dann nicht mehr, und er warb längst nicht mehr um Anhang. Viel zu anstrengend.

Die Kleinstadt offenbarte ihre Macht nämlich auch hier. Sie hatte einen enorm beruhigenden Einfluss, in ihrem einschläfernden Rhythmus wiegte sie selbst die notorisch Aufgeregten irgendwann in einen sanften Dämmerschlaf. Schließlich verlor Ginger den Antrieb. Er machte das, was er den Studenten in Berlin und anderswo vorwarf: Er ging in eine Art innere Emigration, in der sein Plattenspieler und der Fernseher eine bedeutende Rolle spielten. Für den Weg durch die Institutionen war er zu faul. Zu spießig nannte er die, die auf den Weg gegangen waren. Und auch das Fuchteln hörte auf.

Seit vielen Jahren arbeitet er nun als Fahrer bei der Post – geregelte Arbeitszeit, bezahlter Urlaub, Reihenhaus, Ehefrau, zwei Kinder, die roten Haare wurden weniger, der Körperumfang ein bisschen mehr, ein bescheidenes Glück, das keine Fragen stellt und auf alles nur eine Antwort hat: Uns geht's doch gut. Die bunten Bänder an den Handgelenken hat er schon lange abgelegt – in einer Zeit, von der er nicht einmal mehr Bilder hat, weder im Kopf noch im Fotoalbum.

Die Stones-LP „Beggars Banquet" steht aber immer noch im Schrank unter dem Fernseher vor der Sitzgruppe aus dunkelbraunem Leder. Manchmal, ganz selten, hört er sie. Dann strömt so eine Ahnung in ihn ein von dem, was vielleicht hätte sein können oder von dem er gedacht hatte, dass es einmal hätte sein können. Für einen Moment würde er gern davon erzählen, mit den Armen fuchteln wie früher, die blauen Augen blitzen lassen und Schweißtröpfchen auf der Oberlippe bekommen vor Aufregung.

Doch er lässt er das lieber. Was sollen denn die Leute denken?

*

Ich interessierte mich weder für Politik noch für Revolution. Dass Willy Brandt Bundeskanzler war und vor dem Ehrenmal in Warschau auf die Knie gefallen war, das wusste ich natürlich. Das war eine Geste, die auf alle Eindruck gemacht hatte – selbst mein Alter, den ich nicht verdächtigte, Anhänger der SPD zu sein, wiegte beim Bericht in der Tagesschau respektvoll den Kopf.

Ich glaube, dass ich auch mitbekam, wie Brandt den Nobelpreis bekam. Aber da hatte mich der Lastwagen bereits aus dem Diesseits gefahren, deshalb bin ich nicht so sicher, ob ich es mir erst später zusammenfühlen konnte. (Diese irdischen Kategorien von Begreifen, Erfahren, Denken, Fühlen, Hören und Sehen passen nie so richtig). Jedenfalls weiß ich, dass Willy Brandt den Friedensnobelpreis bekommen hat. Ich weiß auch, dass er ein paar Jahre später zurückgetreten ist vom Amt des Bundeskanzlers, weil es einen DDR-Spion in seinem engsten Umfeld gab.

Ich weiß sogar, dass es die DDR nicht mehr gibt. Nur was die Zukunft bringt, das weiß ich nicht. Aber auch damit könnte ich ja nichts anfangen. So lasse ich mich wenigstens davon überraschen. Ich will nicht sagen, dass es mich vorantreibt, das geht wohl nicht, aber es hinterlässt doch in seiner Unberechenbarkeit so etwas wie Sinn und Spannung.

Kapitel 7 - Chris

Band: The Beatles

Lied: Hello Goodbye

Im Kopf klingelt ein alter Vers. „Hat`s der Mensch nicht weit gebracht? Ja, das kann man sagen." So empfand das jedenfalls der Übersetzer des Musicals Hair, und die deutsche Version lief häufig auf dem betagten Plattenspieler im Elternhaus. Erstaunlich fortschrittlich war das damals, denkt er.

Aber er denkt auch: Ich hab's nicht ganz so weit gebracht. Ein paar sperrige Erinnerungen an Kindheit und Schulzeit, die beide nur einige Jahre und doch Millionen Meilen entfernt sind, ein zielloses Herumstudieren als Vorwand für weitgehend freie Tage. Ein akademischer Abschluss, weil es sich irgendwann gar nicht mehr vermeiden lässt. Ein Auskommen als Mittelklasse-Texter bei einer mittelmäßigen Werbeagentur.

Mehr ist nicht.

Die Gedanken an die Schulzeit sind auch kein Trost – so wenig wie die Erinnerung an den Sommer 1971 und die ersten Ausflüge in eine Art Gegenkultur am Transformatorhäuschen, über die er heute nicht mal mitleidig lächeln kann, weil sie ihn immer noch schmerzen. Eine tief liegende Verletzung, die nie verheilen wird. Die Narbe der Bedeutungslosigkeit.

Er sieht den Lateinlehrer vor sich, mit dem er sich auf der Flucht vor Ohrfeigen oder dem gefürchteten Langziehen der empfindlichen Ohrläppchen wilde Jagden durchs Klassenzimmer geliefert hat. Er sieht den Lehrer am Sonntag mit schiefgelegtem Kopf in der ersten Reihe der Kirche sitzen und den Herrn preisen, den er als Quälgeist seiner Schüler in der Woche mächtig enttäuscht haben musste, wenn es denn stimmt, dass der Herr gut ist und Gutes von seinen Schäfchen verlangt – vor allem von seinen Vorzeigeschäfchen in der ersten Reihe, denen mit dem angegrauten Haar, dem Wohlstandsbäuchlein, das sich unter der tadellos sitzenden Anzugjacke abzeichnet, der perfekt gebundenen Krawatte, den guten Manieren in der Gesellschaft und dem aufmerksamen Blick für jeden Mangel an Tugend um sich herum.

Statt sich auf Caesars sicher aufschlussreiche Erörterungen über den Gallischen Krieg zu konzentrieren, freute sich Chris während seiner Verfolgungsjagden und anderer Frechheiten über eine gewisse Wirkung auf die Mädchen. Ihr Kichern spornte ihn an, es war eine Anerkennung für schulische Leistungen der anderen Art, für die es keine Noten gab. Auf dem Schulhof taten sie so, als sei er Luft, wenn er sein schmales Gesicht nach weiterem Beifall heischend scheu in ihre Richtung drehte, schließlich den Blick senkte und gerade noch in den

Augenwinkeln sah, wie sie sich die Anbahnungsversuche der älteren Jungs kichernd und kokett gefallen ließen. Wer sollte sich da zurechtfinden?

Auch die auf den Stufen der Lebensleiter weiter fortgeschrittenen Exemplare des weiblichen Geschlechts machten es einem nicht leichter. Die Mathematiklehrerin mit der wasserstoffblonden Betonfrisur in ihrem von einer riesigen Sicherheitsnadel zum Zusammenhalt genötigten Rock im Schottenmuster zum Beispiel. Sie war ein Ausdruck einer umfassenden Niederlage des Geschmacks, typisch für die 70er, nicht nur bei Lehrerinnen. Ihre Strumpfhosen machten elektrische Geräusche, wenn sie beim Gehen an den Beinen aneinander rieben, im Dunkeln hätte man wahrscheinlich die Funken fliegen gesehen. Im Dunkeln wollte Chris sich die Lehrerin aber auch nicht vorstellen.

Bei den elektrischen Geräuschen dachte er immer an den Physikunterricht und die kleinen Experimente mit einem Katzenfell und einem Stab aus zwei unterschiedlichen Metallsorten. Wenn man das Katzenfell rieb, wurde sichtbar Energie erzeugt, doch die Jungs in der Klasse dachten dabei nicht an Elektrizität, sondern nur an ebenfalls reibende Hände unter Bettdecken, Einwegtaschentücher, feuchte Träume und ein kurzes klebriges Erwachen. Sie lachten dreckig und bekamen von den Erläuterungen des Lehrers nichts mit.

Der gehörte ohnehin zu den eher bedauernswerten Exemplaren seiner Gattung in seinem alterslosen grauen Anzug, der immer verstaubt aussah, mit den blassen Augen hinter der schwarzgeränderten Hornbrille von der Krankenkasse, der nasalen Stimme und einem geradezu grotesken Mangel an Autorität.

Selbst für eine Witzfigur war er zu unscheinbar. Weil ihm niemand zuhörte, hatte Physik während des Experiments mit Katzenfell und Stab mehr mit Sex zu tun als die Begegnung mit der Mathematiklehrerin. Niemand träumte in ihrer Gegenwart klebrige Träume. Da war schon die große Sicherheitsnadel vor. Sicherheitsnadel eben.

Die Geschichtslehrerin mit dem eisernen Dutt war ein geschlechtsfreies Wesen. Es focht schon aus Prinzip einen hingebungsvollen Zweikampf mit erwachendem Widerspruch (von Protest kann keine Rede sein, dafür war die Haltung viel zu flüchtig). Diese Kappe nimmst du ab, lautete ihr Befehl, als Chris eines Morgens mit einer hellen von der Mutter im Auftrag gehäkelten Kopfbedeckung zum Unterricht erschienen war, die ein bisschen afrikanisch aussah und ganz so, wie sie einer der Percussionisten von Santana trug – also ziemlich gut.

Ihm war sie ein erstes Zeichen des Aufbruchs in die rosigen Höhen der Gegenkultur. Das musste sie geahnt haben und natürlich verhindern. Nach einem gemeinsamen Besuch beim Direktor, der nichts von unveräußerlichen Menschenrechten hören wollte und auf sein Hausrecht pochte, verschwand die Kappe in der Schultasche – auf Nimmerwiedersehen, von wegen Gegenkultur.

Andere waren härtere Kämpfer. Beim im Sommer unvermeidlichen Sportfest der Bundesjugendspiele liefen zwei Athleten im 1000-Meter-Lauf mit schwarzen Handschuhen über der gereckten weißen Faust und hageren weißen Körpern unter langen fettigen Haaren demonstrativ am Ende des Feldes über die Aschenbahn des Pfalzdorfer Stadions ins Ziel.

Ob sie ohne Protestgesten weiter vorne angekommen wären, ist nicht heraus, aber auch nicht wahrscheinlich, allerdings zumindest ihnen nicht so wichtig. Sie fühlten sich wie die schwarzen Panther aus den fernen Staaten, die Olympia 1968 in Mexiko bei der Siegerehrung mit erhobener schwarzer Faust zu ihrer Bühne gemacht hatten – sie fühlten sich so mit der selbstverständlich notwendigen lokalen Verzögerung um ein paar Jahre, in denen sich die Bilder aus Mexiko ins kollektive Gedächtnis geschlichen hatten.

Einer der beiden Kämpfer für schwarze Rechte in einer rundum weißen Gegend erlangte wenigstens kurz regionale Berühmtheit, als sich herumsprach, wie er den ein wenig rabiaten Erziehungsversuch seines Vaters gekontert hatte. Der Vater, angesehener Polizeibeamter mit Eigenheim auf dem Dorf, großer Garage, peinlich gepflegtem Garten und Mitgliedschaft in allen notwendigen Vereinen, vom Fußballklub über Gesangsverein bis zu den Schützen, pirschte sich in der Nacht ans Bett des missratenen Sohnes und schnitt dessen Haar im Schlaf auf ein gesellschaftlich vertretbares Maß zurecht. Der Sohn bedankte sich für diesen Hinweis auf die sozialen Regeln, indem er dem auf Nachtschicht weilenden Erziehungsberechtigten die Hosenbeine des besten schwarzen Anzugs auf Shorts-Größe veränderte.

Eine Tat für die Ewigkeit der Tuschel-Annalen. So ähnlich wie die literarische Revolution, mit der ein Abiturient ein wenig später die Schule verwöhnen sollte. Zum Thema „Was ist Mut?" sollte die Abschlussklasse im Deutschunterricht einen Besinnungsaufsatz verfassen. Einer klappte den Din-A-4-Bogen auf, schrieb lässig „DAS" auf die dritte der vier Seiten und gab nach einer Bedenkzeit von 30 Minuten ab. Das beeindruckte nicht nur die Mitschüler, sondern auch die Schulleitung, die sich nach langen spannenden Diskussionen darauf verständigte, das Werk mit der besten Note auszuzeichnen.

Chris hörte davon mit staunender Bewunderung. Auf so eine Idee musst du erst einmal kommen, dachte er, und dann musst du sie noch in die Tat umsetzen. Alle Achtung. Der mutige Dichter wurde später Musiker, handelte mit antiken Öfen, hatte in Indien einen Guru und lebte mit zwei

Frauen zusammen. Auch das muss man erst mal hinkriegen.

Seine eigene Rebellion in den engen Grenzen des Elternhauses erstreckte sich darauf, barfuß auf die Straße zu gehen, obwohl sein Vater dafür Hausarrest androhte. Das war eine leere Drohung, und Chris wusste es. Es handelte sich daher um eine vergleichsweise taktische Revolution, der es allein um die Außenwirkung ging. Eine kleine Werbekampagne – insofern ein Stück des späteren Berufs.

Manchmal vergrub er sich aus freien Stücken in seinem Zimmer, hörte Hilversum 3 mit der Hitparade, Diskjockey Peter Koelewijn und der Stimerol-Werbung, die er inzwischen längst auswendig kannte („de Smaak is raak"), starrte aus dem Fenster zum Haus gegenüber, in dem ein Gitarrist wohnte, und konnte sich selbst nicht leiden, von der ganzen kleinen Welt drumherum ganz zu schweigen. Die Tage schienen ihm dann klebrig wie ein zu stark gesüßter Brei, eklig schon bei der reinen Vorstellung, seine Freunde zu jung, die bewunderten Kleinstadt-Helden unerreichbar alt in einer verschlossenen und daher unzugänglichen Welt. Und alle Hoffnung vergeblich.

Früher hatte er seine Seelenqualen eine Zeit mit seinem Goldhamster geteilt, den er nach dem 100-m-Olympiasieger Jim Hines nannte, weil er wie ein pelziger Blitz durch seinen Käfig jagte und gelegentlich wie ein Zirkusartist auf seinem Laufrad statt darin sprintete. Das Tierchen begleitete seine

Bettlektüre, indem es auf der Decke herumspazierte und dabei ziemlich schlau aus den Knopfaugen schaute. So kam es ihm jedenfalls vor, wenn er Mark Twain las oder Johannes Mario Simmel. Romane und Musik waren Ausstiegsluken aus der bedrückenden Wirklichkeit, die für ihn keinen Fensterplatz bereithielt.

Jim Hines war dabei ein treuer Begleiter. Ihm gab er die Freiheit, die für ihn selbst offenbar nicht vorgesehen war. Der Hamster erkundete die Welt im Universum des Kinderzimmers mit dem Plakat von Jimi Hendrix auf der orange gestrichenen Pinnwand, die mal ein Gemälde gewesen war, das der Opa gemalt hatte und das eine Szene aus dem Palastleben eines ägyptischen Pharaohs zeigte.

Wahrscheinlich war es Tutanchamun, der den rechten von zwei mit Sandalen bekleideten Füßen auf ein Höckerchen gestellt hatte, im Arm ein Zepter trug und auf dem Kopf eine Krone, die ein bisschen so aussah wie eine Zipfelmütze in einer Blumenampel ohne Blumen. Ob das ein Frevel war, das Bild mit Anstreicherfarbe zu übermalen? Es gab zumindest keinen Protest der Eltern, und der Opa lebte nicht mehr. Der konnte also nicht klagen.

Büßen musste für mögliche Sünden und kulturelle Barbarei Jim Hines. Bei seinen nächtlichen Touren geriet er in einen Wandschrank, dessen Tür offen stand und in dem sich eine Abzweigung der Luftschacht-Heizung verbarg. Der Hamster bezahlte seine Neugier mit dem Absturz ins Rohr und einem frühen und gewaltsamen Tod. Viel später, als die Heizung saniert wurde, entdeckte Chris den von heißer Luft mumifizierten, nun grauen Leichnam auf einem Mauervorsprung über dem Ofen. Als letztes einer Reihe von Haustieren fand Jim Hines ein spätes Grab im Garten unter Narzissen und einem Haselnuss-Strauch.

Chris hatte deshalb schon lange niemanden mehr, dem er von seinen Gefühlen erzählen konnte. Die Freunde kamen nicht in Frage, sie steckten wahrscheinlich in dem selben Dilemma, die Eltern sowieso nicht, die kleineren Geschwister schon gar nicht. Mit denen redete Chris nicht, sie materialisierten sich für ihn nur bei den gemeinsamen Mahlzeiten und hatten dabei ungefähr den Rang von Schaufensterpuppen im Klever Kaufhof, von sprechenden Schaufensterpuppen.

Mit einigen Jahren Abstand stellte er fest, dass er zu einer Generation der notorisch zu spät Kommenden gehört. Die Revolten an den Universitäten und selbst an der eigenen Schule trugen die Älteren aus. Sie entdeckten die Musik als Treibmittel und Erkennungsmerkmal, als sinnstiftende Grundlage. Er nahm daraus, was sie ihm ließen, was sie ihm lassen mussten, weil sie es ihm nicht nehmen konnten. Gefühle aus zweiter Hand, nicht einmal in Besitz genommen, eigentlich nur geliehen, jedoch ohne Rückgabetermin.

Wahrheit war für ihn der Fußball, allein der Fußball. Da mussten die Helden der Gegenkultur ihren

Platz in seiner persönlichen Bestenliste räumen. An die Stelle von Rudi Dutschke und Jimi Hendrix traten CSU-Verehrer in kurzen Hosen, Franz Beckenbauer vor allen. Chris bewunderte seine Leichtigkeit, die undeutsche Eleganz, die ihn über die durch den Dreck grätschenden Teutonen erhob in eine eigene unerreichbare Klasse.

Zu diesen Höhen hatte für Chris lediglich noch Günter Netzer Zugang, der die Revolution in der wehenden Matte aufs Spielfeld trug und seine Ideen einer höheren Eingebung zu verdanken schien, die von den irdischen Gesetzen nicht berührt werden konnte. Dass Beckenbauer für die Bayern spielte und Netzer für Mönchengladbach, interessierte Chris nicht. Er fand da überhaupt keine Gegensätze, die sein Vater allerdings sah wie die meisten seiner Zeitgenossen.

Für den war Beckenbauer ein arroganter Emporkömmling und die Mönchengladbacher Mannschaft ein Haufen ehrlicher Jungs. So einfach war die Fußballwelt in der Kleinstadt. Diskussionen darüber waren zwecklos, wurden dennoch gern und sehr ausdauernd geführt. Sie endeten gelegentlich mit einem (vorübergehenden) großen Zerwürfnis, knallenden Türen und sprachlosen Abendessen.

Im Vereinstraining trug Chris ein weißes Bayern-Trikot mit weinrotem Kragen – eine Rarität damals –, seine Mutter nähte ihm Franz Beckenbauers

Rückennummer fünf auf. Dass die weiß war – geschenkt, er fühlte sie auf dem Rücken wie eine Auszeichnung. Den Ball spielte er fortan so lange wie sein großes Vorbild mit dem rechten Außenrist, bis sein Trainer kleine Tänze der Wut aufführte. Du kannst mit dem Außenrist zu Hause an der Hauswand spielen, hier nicht!, beschloss der Coach und setzte Chris auf die Bank.

Chris war zum Heulen, aber das zeigte er nicht, dazu war er längst zu alt, deshalb schluckte er die Tränen herunter und spielte zu Hause den Ball mit dem Außenrist gegen die vergitterten Kellerfenster – stundenlang, bis sich der Ball nach unsachgemäßer Behandlung eine Etage höher in ein Fenster zum Esszimmer neben der Küche verirrte. Dann war Schluss mit Beckenbauer-Imitationen im heimischen Garten. Für die Reparatur ging das Taschengeld für zwei Wochen drauf, ein teures Training.

Für mehr Talent hätte er allerdings einen viel höheren Preis gezahlt. Eine weitere bittere Erkenntnis aus dem Frühjahr 1971: Es reichte nicht einmal zu einem Provinz-Beckenbauer in der Schülermannschaft. So hieß das Team der Zwölf- bis Vierzehnjährigen.

Aber es reichte dann doch noch zu einem Stammplatz, weil er mehr zu sich selbst fand und aus der Feststellung, dass ein umjubeltes Dasein als Profisportler unerreichbar bleiben würde, die Lehren für sein eigenes Spiel zog. Es wurde nüchterner, der rechte Außenrist kam viel seltener zum Einsatz,

ihm wurde klar, dass es nicht um Imitation, sondern um einen eigenen, wenn auch bescheidenen
Platz im Spiel geht. Sein Ansehen in der Mannschaft
wuchs, er selbst fühlte sich ein bisschen erwachse-
ner, weil er etwas verstanden hatte.

Das Spiel im Verein half ihm über all die Niederlagen am Transformatorhäuschen hinweg, wo er
der scheue Kerl mit dem mühsam über die Ohren
gekämmten Haar blieb, dem Seitenscheitel, zu dem
der Wirbel im Haar auf der rechten Seite über der
Stirn zwang, der Lücke zwischen den vorderen beiden Schneidezähnen und den weichen Gesichtszü-
gen, der nicht einmal selbst eine Zigarette drehen
konnte und am Sonntag nie ohne eine Sonntagshose
mit gebügeltem Kniff aus dem Haus kam. Die Älteren belächelten ihn nicht einmal, er kam in ihrer
Welt nicht vor, zu der er so gern gehören wollte.

Manchmal, in Oster- oder Pfingstferien, zeltete
er mit seinem Schulfreund Franz im Garten von
dessen Eltern. Dann hörten sie bis in die Nacht auf
dem Kassettenrekorder Jimi Hendrix und Jethro
Tull und Deep Purple und Beatles und Doors, bis
die Batterien schlappmachten. Dazu rauchten sie
Zigaretten – Selbstgedrehte oder Camel mit Filter.
Die Werbung im Fernsehen hatte es beiden angetan.
Ich gehe meilenweit für eine Camel-Filter, sagte ein
ziemlich lässiger Cowboy. Er hatte das Hemd nach
harter Arbeit an den Ärmeln aufgekrempelt und die
Beine ausgestreckt übereinandergeschlagen. Dass
er meilenweit gegangen sein musste, belegte die

rechte Schuhsohle, in der ein kreisrundes Loch
klaffte.

Mit dem Taschenmesser schnitt Chris sich kunstvoll eben so ein Loch in die Sohle seiner besten
Boots, die kniehoch waren und oben dicke Fransen
hatten. Zum Glück fiel das zu Hause nicht auf, und
dass es bei Regenwetter nicht das reine Vergnügen
war, in den Stiefeln durch Pfützen zu laufen, sagte
Chris nicht weiter. Wem auch?

Über die Musik fanden die beiden Schulfreunde
den Zugang zu der Welt, den ihnen die Älteren
durch Nichtbeachtung verwehrten. Sie aber waren
sicher, dass sie die Botschaft der Musik genauso gut
verstanden – mindestens genauso gut. Da machte
ihnen niemand etwas vor, das beteuerten sie sich
gegenseitig. Das waren sehr glückliche Nächte, weil
darin das Gefühl des Zuspätkommens nicht vor-
kam. Schließlich kamen sie gleichzeitig zu spät, da
fällt es nicht auf.

Auf der Wiese stellte sich dieses Gefühl des Zuspätkommens allerdings unmittelbar wieder ein.
Das mühsam erarbeitete Selbstbewusstsein aus
Nächten am Kassettenrekorder und hunderten
Trainingsstunden am Kellerfenster und auf dem
staubigen Platz aus schwarzer Asche erlosch im ersten abschätzigen Blick der anderen, wenn es überhaupt einen Blick gab. Das Gebäude aus Erkenntnis, ja, so tief war das Gefühl für die Musik, und Anerkennung der Fußballfreunde krachte in einer

Welle von Missachtung zusammen. Einfach so. Beinahe täglich.

Der Sommer 1971 war da nicht anders als die Jahre danach. Das Nebenherlaufen an der Universität, die Existenz als Zuschauer, die Nebenrollen des Lebens waren für Chris reserviert. Einer musste die ja einnehmen, dachte er später. Ein großer Trost war das nicht, denn er fühlte sich eigentlich zu mehr geboren. Und das pflanzte ihm einen leisen Schmerz in die Brust, der nie mehr verging. Auch eine Form von Identität, ein morsches Selbstmitleid, zur großen Verzweiflung langte es nicht. Kaum mehr als Mittelmaß auf allen Ebenen.

Manchmal dachte er an die ersten Begegnungen mit der Musik zurück, die allen so wichtig war. Für ihn begann das alles im Haus seiner älteren Vettern. Sie machten ihn an Sonntagvormittagen mit den Beatles bekannt, mit Tom Jones, mit James Brown, mit Soul, mit den Kinks. Er bestaunte das sehr, und die Musik sprach mit ihm auf eine Weise, die er nie hätte in Worte fassen können.

Es war ein großer Tag, als er mit seiner Mutter nach Kleve zum Kaufhof fahren durfte für seine erste eigene Schallplatte. Er war neun oder zehn Jahre alt, das wusste er später nicht mehr so genau. Aber er würde nie vergessen, wie die dicke Dampflok stampfte und ratterte, wie der Nebel über den Bahnsteig zog, wie der Dampf roch, und wie die dicke Wolke im Takt der Maschine aus dem Schornstein wehte.

Der Weg vom Klever Bahnhof führte am Spoykanal vorbei, an der Schüsterken-Plastik, die Einkaufstraße hoch – eine echte Reise. Im Kaufhof gab es eine Rolltreppe, für Gocher Kinder beinahe so großstädtisch wie die Kaufhäuser in Nimwegen mit der Affenkapelle unter Glas auf dem Treppenabsatz, die man mit ein paar Centstücken in rasende Bewegung versetzen konnte. Im Sommer 71 fuhr Chris oft per Anhalter mit seinen Schulfreunden nach Kleve, nur um im Kaufhof Rolltreppe zu fahren oder bei Schätzlein unnütze Dinge zu klauen zum Spaß – große Flaschen Shampoo mit Apfelaroma zum Beispiel.

Einmal wurden sie fast erwischt, aber sie entkamen im Spurt über die Große Straße. Der Filialleiter nahm sich statt ihrer einen seiner Lehrlinge vor, der aus Goch kam und im peinlichen Verhör die Namen der Diebesbande aus seiner Heimatstadt preisgab. Das beendete die Verbrecher-Laufbahn von Chris und seinen Freunden nach sehr ernsten Gesprächen mit den Erziehungsberechtigten, und es führte dazu, dass das Fahrrad des Lehrlings in der Niers landete.

Seine erste Platte war natürlich von den Beatles. „Hello Goodbye" auf der Vorderseite, „I Am the Walrus" auf der Rückseite. Fünf Mark kostete die Single, ein kleines Vermögen, er hatte das Taschengeld dafür gespart. Und wenn der Vater bei der Arbeit war, legte er die Platte auf den heimischen Plattenspieler.

Der war mit dem Radio in einer mächtigen Holztruhe untergebracht, die das eindrucksvollste Möbel in der wohnlichen Ecke des Esszimmers war. Diese Ecke war wiederum eigentlich eine Rundung des Raums, der gegenüber der Musiktruhe von einer braungekachelten Wand bestimmt wurde. Hinter den Kacheln bullerte im Winter der Kohleofen in der Küche, der über das System von Luftschächten, das dem Hamster zum frühen Verhängnis wurde, auch noch die anderen Zimmer im Haus beheizte.

Nach ein paar Tagen kannte Chris den Text von „Hello Goodbye" so auswendig wie den der deutschen Fassung von „Hair" oder den der Platten von Hildegard Knef, die seine Mutter verehrte und deren Lieder deswegen an den Wochentagen den Vorzug vor den Scheiben ihres Mannes genossen, dessen Geschmack auf eigenartige Weise zwischen Kurt Edelhagen, Glenn Miller und musikalischen Verfehlungen wie dem holländisch-surinamischen Gesangsduo „Blue Diamonds" herumwanderte. Ihr „Ramona" spielte in der Woche keine Rolle, in der Erinnerung klebt es allerdings auf ewig, fast so wie „Hello Goodbye".

„You say yes, I say no; You say stop and I say go, go, go. Oh no, you say Goodbye and I say Hello, hello, hello, I don't know why you say Goodbye, I say Hello, hello, hello, I don't know why you say Goodbye, I say Hello.

I say high, you say low, you say why?, and I say: I don't know. Oh no, you say Goodbye and I say

Hello, hello, hello, I don't know why you say Goodbye, I say Hello, hello, hello, I don't know why you say Goodbye, I say Hello.

Why, why, why, why, why, why, do you say Goodbye, goodbye, bye, bye? Oh no, you say Goodbye and I say Hello, hello, hello. I don't know why you say Goodbye, I say Hello, hello, hello. I don't know why you say Goodbye, I say Hello."

Er kann es immer noch auswendig.

Ein paar Jahre darauf, wahrscheinlich schon im Sommer 1971, kam es ihm so vor, als wenn er selbst in diesem Text wäre. Mal hü, mal hott, hätte sein Vater gesagt, himmelhoch jauchzend, zu Tode betrübt, seine Mutter. Die Erwachsenen nannten das „typisch Pubertät". Chris wusste es bereits besser. Es würde nämlich so bleiben, das Unentschiedene blieb in seinem Wesen wie die Unfähigkeit, Tadel einigermaßen würdevoll zu ertragen.

Er gierte geradezu nach Lob. Kritische Bemerkungen konnten ihn tagelang in kleine Depressionen schicken, die er oft in Jähzorn und Wut wandelte, damit sie eine Adresse fanden. Freunde ertrug er so lange, wie sie ihm auf die Schulter klopften, zu tieferen Beziehungen blieb er unfähig. Zurück gab er wenig – aus Angst, sich zu verpflichten. Seine Beziehungen zu Frauen waren häufig lediglich verschwitzte Affären, ohne Perspektive, weil er nichts hinein gab und sich nach kurzer Zeit einfach davon machte – manchmal mitten in der Nacht, auf

Socken, die Hose und das Hemd in der Hand, wie in einem schlechten Film.

Im Sommer 1971 gab es keine Affären, nicht einmal flüchtige Kontakte, was nicht an Chris, sondern an den Mädchen lag, die ihn vielleicht ganz nett fanden, aber nicht für voll nahmen. Das prägte sich ihm ein. Aber er tat so, als bemerke er es nicht. Es nährte still sein Minderwertigkeitsgefühl.

Im Laufe der Zeit lernte er, dieses Gefühl mit einiger Eleganz und einem gesellschaftsfähigen Schuss Ironie zu überspielen. Er verdrängte die Ahnung, stets zu wenig zu sein, aus dem hellen Tag. Erst in den Nächten kehrte die Ahnung zurück und wurde Gewissheit, je länger er damit allein war. So wurde er ein Gefangener von zwei Persönlichkeiten – einer souverän erscheinenden für alle, einer völlig verunsicherten für sich selbst.

„You say yes, I say no."

*

Für mich war Chris ein weiterer kleiner Junge aus der Sängerknaben- und Messdienerwelt, dessen Auftauchen am Transformatorhäuschen ein peinliches Ärgernis war. Weil er mich grüßte, verwehrte er mir den Respekt der anderen. Ich sah das jedenfalls so.

Aus der Gocher Welt, wie ich sie heute sehe, ist er schon lange verschwunden, wie ein Nebel kehrt er alle paar Jahre zurück. In meiner Wahrnehmung hinterlässt er allerdings keine Spuren. Ich glaube, das liegt daran, dass er so wenig aussendet. Er ist immer mit sich selbst beschäftigt, davon kommt bei mir nur ganz wenig an. Ein bisschen Verlorenheit vielleicht. Darin ist er meinem lebendigen Ich ähnlich, wahrscheinlich fällt es mir deshalb auf, er strahlt nur eine ganz schwache Energie ab.

Solche Menschen schweben durchs Leben ohne Abdruck auf den Seelen der anderen, wobei ich mir längst nicht mehr sicher bin, ob meine Seele das erkennt oder mein Verstand, der einfach geblieben ist. Ich sträube mich gegen den Begriff Seele, das hört sich zu sehr nach Kirche und Religion an, die seit meinem Tod völlig ohne Bedeutung sind. Immerhin erkenne ich etwas und bedauere zugleich, dass ich es nicht mitteilen kann. An dem Bedauern hat sich nichts geändert, denn das war schon zu meinen Lebzeiten so. Da lag es daran, dass niemand hören wollte, was ich erkannt zu haben glaubte, und daran, dass ich wohl nicht lange genug darüber nachgedacht hatte. Heute liegt es daran, dass mein Geist allein über und in diesem Flecken Niederrhein schwebt. Seit vielen Jahren will ich mich darüber mit jemandem unterhalten, es sind sicher Jahre, es müssen Jahrzehnte sein.

Früher habe ich diese Einsamkeit regelrecht betrauert, weil es offenkundig ja andere Möglichkeiten des Lebens gab. Dazu musste ich mich lediglich umschauen. Heute sind mir solche Empfindungen wie Trauer fremd, weil ich ohne das Leben keine anderen Möglichkeiten habe. Das Bedauern ist nur ein schwacher Ausdruck für den Rest des Gefühls von Abwesenheit. Ich habe mich damit abgefunden.

Kapitel 8 - Angelika

Band: Donovan

Lied: Catch the Wind

Angelika lachte laut, und sie lachte gern. Dann glühte ihr rundes Gesicht, die Augen leuchteten, und niemand sah, dass sie nicht immer fröhlich war.

Genau genommen war sie eigentlich gar nicht fröhlich. Nachts schreckte sie oft aus dem Schlaf auf, weil sie schreckliche Bilder sah von Ungeheuern mit Augen, die glühten wie Kohlen im Feuer. Wir holen dich, riefen sie, du kannst dich nicht verstecken. Es war wie in ganz schlimmen Märchen, daher kamen sicher auch die Bilder.

Die Gardinen vor ihrem Schlafzimmerfenster wehten dann wie die Umhänge von Geistern im Wind, jedenfalls stellte Angelika sich Geister so vor – mit weißen Umhängen. Beim Wehen machten die Gardinen Geräusche wie der alte Abfluss im Kuhstall von Bauer Jansen – irgendetwas mit vielen „chs". Im Kuhstall hatte sie keine Angst, nachts in ihrem Zimmer schon, weil die Geister in der Dunkelheit weiß tanzten an ihrem Fenster, und weil es auch nicht half, die Bettdecke über den Kopf zu ziehen. Du kannst dich nicht verstecken, riefen die Ungeheuer. Auch mit geschlossenen Augen sah sie alles. Und das Hören konnte man ja nicht abstellen.

Die Geister machten zwar Geräusche, aber sie gehörten nicht zu den Ungeheuern. Sie waren so etwas wie ihr Chor, die Hintergrundmusik, nicht ganz so gemein, dennoch zum Fürchten. Vor dem Fenster, auf der anderen Seite, wehte der Wind in einem alten Baum, die Zweige bewegten sich hin und her, sie bogen sich, und die Blätter raschelten. Manchmal klopfte ein Zweig im Rhythmus der Böen ans Fenster, dann musste es allerdings schon sehr stürmisch sein. Das waren die schlimmsten Nächte.

Ihr Herz schlug bis in den Hals, es raste im Takt ihrer Angst, unter der Decke wurde sie klein wie ein Insekt, während das Zimmer wuchs und wuchs und wuchs. Manchmal wollte sie schreien, aber der Schrei blieb im Hals kleben. Er drückte sich nach unten, in den Bauch, in den Magen und blieb dort als ein fester, heißer Klumpen Schmerz.

Am Tag mochte sie sich nicht daran erinnern, sie lachte ihn laut weg, wann immer das ging.

Wenn das nicht ging, dann knutschte sie mit den Jungs, lachte ausdauernd und versuchte, die Erinnerung an die Nacht mit ihren Augen einfach wegzustrahlen. Sie ließ sich die Annäherungen gefallen, den fiebrigen Kontakt der Körper, und sie genoss es, wenn sich die kleinen Härchen auf den Armen aufstellten bei den wie Zufall erscheinenden Berührungen in den Bereichen, über die die Eltern nicht sprachen.

Ihre Härchen waren blond und ein bisschen rot, fast durchsichtig. Man konnte sie sehen, wenn sie sich aufstellten auf den vielen kleinen Hügeln der Gänsehaut. Ein wonnevolles Kleingebirge.

Die Küsse schmeckten nach Zigaretten, die von Udo, oder nach Stimorol-Kaugummi, das waren die von Jürgen. Eigentlich war das egal, die Küsse waren eine Ablenkung von diesem heißen Klumpen im Bauch. Und damit die Ablenkung lange genug dauerte, zogen sich die Küsse hin. Die Zungen erkundeten eine fremde Landschaft, die nur gefühlt werden konnte, die Augen blieben selbstverständlich geschlossen.

Und Chris stoppte die Zeit. 20 Minuten war der Rekord mit Udo, aufgestellt auf der Bank am alten Spielplatz, den ein paar dürre Bäume säumten und auf dem man mit dem Rücken zur Kirche saß. Das war vielleicht besser so. Es war der Kompromiss mit den Erinnerungen an die Religionsstunden mit dem Pater, der sich als Freund der Kinder gab und im Dunkeln gern an den kleinen Mädchen herumfummelte. Voller Angst ließen sie es sich gefallen. Vielleicht musste es ja so sein. Das dachten sie jedenfalls.

Auf dem Spielplatz bei den Knutschereien war der Religionsunterricht weit weg, wenn der Rücken nur zur Kirche zeigte, und der Pater war auch weg, zum Glück. Angelikas Eltern taten so, als hätten sie nicht gehört, was ihnen die Nachbarn tratschten von öffentlicher Unzucht auf dem Spielplatz.

Kinder, sagten sie, und zweifelten doch daran, dass das eine kindgerechte Form von Unterhaltung war. Angelika erzählte ihnen weder von den Nachmittagen im langen Schatten der Kirche noch von den Nächten in ihrem Zimmer. Im Wohnzimmer lachte sie ebenfalls viel, warf den Kopf zurück und wurde deshalb auch dort mit einem fröhlichen Mädchen verwechselt.

Später wunderte sie sich nicht einmal mehr darüber. Sie lernte, eine zweite Natur anzuziehen wie am Morgen ein neues Kleid. Nur in ihren Augen flackerte es manchmal. Aber auch auf der Lehrstelle im Steuerbüro schaute ihr niemand lange genug in die Augen. Nicht einmal Kurti, mit dem sie ging, als Udo und der Sommer 1971 nicht einmal mehr als verstaubtes Bilderbuch taugten und in den Tiefen der Zeit verschwunden zu sein schienen wie der Pater mit den schwitzigen Händen und den gierigen Schweinsaugen im blassen Mondgesicht.

Sie waren so weit weg wie der kurze Glaube an den besonderen Gocher Summer of Love, die vage Überzeugung, dass es eine bessere Welt geben könnte, die sich auf Musik gründet, und Spaß ohne Druck, ohne Zwänge, vor allem: ohne nächtliche Dämonen. In dieser Hinsicht war der kurze Sommer auf der Wiese am Transformatorhaus eine wortlose Übereinkunft zwischen ihnen, die sich aus einem gemeinsamen Bedürfnis speiste, das am Rande des Bewusstseins wohnte. Dieser Sommer war eine gemeinsame Schöpfung.

Auf Kurti war Verlass, er bot eine kräftige Schulter und eine Perspektive in der Welt, mit der auch die Eltern etwas anfangen konnten. Angelika schlief mit ihm, weil das so sein musste und weil es die Nächte erträglicher machte, viel erträglicher. Natürlich wurde irgendwann geheiratet – mit 50 Gästen, Tanten, die Angelika in die Wangen kniffen, Onkeln, die mit altherrenhafter Geilheit, schmatzenden Lippen und klirrenden Gebissen auf stramme Mädchenpos stierten, mit Hochzeitssuppe und Suppenfleisch, mit Schnitzeln und Erbsen und Möhren und Schnaps und Bier, wie es sich gehört.

Angelika wurde zur Hausfrau – auch das, weil es sich so gehört. Du musst nicht arbeiten, sagte Kurti, mein Gehalt reicht doch.

Der Alltag gab ihr lange eine friedliche Gleichgültigkeit, ein freundliches Grau. Deshalb liebte sie die Zeiten zwischen den Jahreszeiten.

Wenn es an einem stürmischen und regnerischen Sommertag schon so etwas wie die Ahnung von Herbst gibt, so eine hellgraue Vorstellung davon, wenn es gar nicht hell wird und um fünf schon dunkel zu sein scheint. Wenn es nach Licht ruft, zumindest nach Kerzenlicht. Dann fühlte sie sich zu Hause bei sich selbst. Sie saß dann am Küchenfenster und schaute in den kleinen Garten, wo die Bäume wankten und sich die Sträucher bogen, wo die kleinen Vögel, Meisen vor allem, auf den Zweigen balancierten und wo ab und zu ein paar Tropfen Regen angeweht kamen.

Kurti fand den Sommer, den Hochsommer am schönsten. Wenn abends noch die Steine auf der Terrasse die Hitze des Tages abstrahlten, wenn in der Nacht ein kühles Leinenlaken reichte, wenn am Samstag die Landstraße am Moyländer Baggerloch zugeparkt war von Autos, die sonnenhungrige Menschen ausgespien hatten, die nun am Ufer lagen wie am Meer im Süden.

Kurtis Haut wurde schon im Mai braun, die blauen Augen schienen im Laufe des Sommers immer heller aus dem dunklen Gesicht mit den scharfen Kanten. Angelika freute sich daran, aber weder Baggerloch noch Liegestuhl im Garten oder lange Abende bei einem Bier vor dem Haus waren nach ihrem Geschmack. Darüber redete sie allerdings nicht. Nach ihrer Überzeugung hatte Kurti das alles verdient, sie wollte seinem Glück, das sie auch für ihres hielt, nicht durch Einwände im Wege stehen.

Während sie auf Regen und Wind wartete, auf das Signal, dass es weiter ging im Jahr und damit auch im Leben, hätte Kurti den Sommer gerne auf ewig festgehalten. Wenn sie früh ins Bett ging, zog er noch auf ein Bier in die Kneipe an der Bundesstraße gegenüber vom Segelflugplatz. Angelika fand das ganz in Ordnung. Sie drängte ihn geradezu. Wenn er weg war, hörte sie manchmal die alten Platten, am liebsten Donovans „Catch the Wind". Es kam ihr vor wie ein Trost, dass der Wind ja auch nicht einzufangen war, so wenig wie alles andere auf der Welt.

Und der Text bewahrte ihre Sehnsucht: „In the chilly hours and minutes of uncertainty, I want to be in the warm hold of your loving mind. To feel you all around me and to take your hand, along the sand. Ah, but I may as well try and catch the wind.

When sundown pales the sky, I want to hide a while, behind your smile. And everywhere I'd look, your eyes I'd find." Wenn Kurti davon wüsste.

Sie richteten sich ein in einem Rhythmus, der eher seiner war als ihrer. Aber das bedrückte Angelika nicht, jedenfalls wollte sie das nicht zulassen („Everywhere I'd look, your eyes I'd find.")

Sie sah das Leben ihrer Eltern, sie sah das Leben der anderen, und sie glaubte daran, dass es nur richtig war, dass sie als Zugabe in das Leben ihres Mannes gekommen war. Das war so, es gehörte sich so. Hatte ihre Mutter mal geklagt?

Du hast es doch gut, sagte sie, ein Haus, einen Mann, ein Auskommen. Als ich so alt war wie du, da hatten wir doch nichts.

Angelika hütete sich vor dem Gedanken, undankbar zu sein. Auf ihrer Gerechtigkeitsskala war alles sauber ausgeglichen, nichts war aus dem Gleichgewicht, alles klar, ohne Kanten.

So grub der Alltag seine Spuren in ihr Herz, in ihre Bewegungen, ihr Denken. Große Träume kamen darin nicht vor, warum auch?

Doch die Jahre machten die Nächte wieder einsamer, und sie erweckten die Schrecken, die zunächst in einer zarten Ahnung von Glück oder jedenfalls einer Hoffnung auf Glück dahingedämmert hatten. Der Klumpen im Bauch wuchs zu einem Klumpen von Feuer. Die Angst schlich in Angelikas Tag. Sie traute sich nicht, darüber zu sprechen.

Sie zog sich hinter sich selbst zurück. Nicht einmal die einstige Fröhlichkeit vermochte sie mehr auf Kommando einzuschalten. Angelika wurde zu einem Schattenwesen. Die Energie, die immerhin ausgereicht hatte, ihre Dämonen am Tag zu verscheuchen, ging ihr verloren.

Deshalb strahlte bald immer weniger von ihr ab in meine Welt, sie ging auch mir verloren. Und ich weiß nicht, was aus ihr geworden ist. Vielleicht hat sie das Dorf irgendwann verlassen, vielleicht hat sie einen neuen Anfang machen können. Ich wünsche es ihr, aber ich kann keine Spur mehr entdecken.

*

Ich höre noch ihr Lachen, aber ich höre auch das heulende Elend. Damals, als ich noch lebte, da ahnte ich es allenfalls. Über all die unausgesprochenen Worte hinweg glaubte ich die Verbindung zu diesen zwei Naturen zu fühlen. Möglicherweise bilde ich mir das heute auch nur ein.

Manchmal stelle ich mir vor, dass ich sie hätte retten können, weil ich der Einzige war, der eine

Vorstellung von ihrer Verzweiflung hatte. Aber wie hätte ich an sie herankommen können? Wenn ich noch so richtig wüsste, wie Trauer sich anfühlt, wäre ich dann traurig. Aber ich habe ja schon gesagt, dass ich mir das Gefühl nur ausleihen kann aus dem Bücherschrank meiner Erinnerungen, die blasser werden. Vielleicht verliere ich mich irgendwann genau wie Angelika und bin nur noch Geist und nicht mehr ich. Woher soll ich das wissen?

Kapitel 9 - Karlo

Band: Jimi Hendrix Experience

Lied: Voodoo Chile

Wenn Karlo allein ist, dann legt er die Schale aus Überlegenheit ab, die er überzieht, sobald er das Haus verlässt. Er denkt dann wie andere Jungs von 16 Jahren darüber nach, wo das alles hinführen soll. Er fühlt sich viel kleiner, als er sich selbst auf dem Schulhof oder auf der Wiese am Transformator oder bei den Touren nach Holland macht. Er liegt auf dem Bett, schaut an die Decke und findet keine Antwort.

Er ist dann nicht der lächelnde, gut aussehende Kerl, den die Mädchen umschwärmen und dessen Freund die Jungs sein wollen. Er ahnt vielleicht, dass er im Rollenspiel des Lebens nur einen Platz zugewiesen bekommen hat. Auf der Bühne, in der Öffentlichkeit, füllt er diesen Platz mit einer Ausstrahlung von Sicherheit, die ihn fast erwachsen wirken lässt, jedenfalls wie eine natürliche Autorität. Deshalb gehört er längst zu den großen Jungs am Transformatorhäuschen. Es gibt darüber keine Debatten.

In der Klasse ist er ohnehin der Älteste, seit er nach dem Rauswurf aus dem Internat Gaesdonck einen Jahrgang zurückversetzt wurde. Er muss weder den Clown noch den Rebellen spielen, er läuft hier ohne Konkurrenz in einer eigenen Liga weit über den anderen. Das bewundern seine neuen Freunde.

Er nimmt es hin, und manchmal genießt er die Position des Anführers, in die sie ihn so bereitwillig drängen. Dann erzählt er ihnen von seiner Musik. Sein ganz persönlicher Gott ist Jimi Hendrix, dessen „Voodoo Chile" er jeden Tag hört, obwohl er zugeben muss, dass er nicht alles am Text versteht, weil er sehr auf die Musik hört. Aber diese Zeilen findet er gut: „If I don't meet you no more in this world, then I'll meet ya on the next one. And don't be late, don't be late." Nein, da würde er nicht zu spät kommen, ganz sicher nicht.

Am liebsten wäre er schwarz wie sein Held. In seinen Tagträumen behängt er sich mit bunten Ketten, trägt farbenfrohe Westen, Armbänder, ein Stirnband und an jedem Finger einen silbernen Ring. Er hat schon überlegt, ernsthaft mit dem Gitarrespielen anzufangen und sich selbst zum Linkshänder umzuschulen, damit er greifen kann wie Jimi. Aber dazu ist er zu träge.

Aufwand schätzt er nicht. Nur wenn er an seiner Kreidler schraubt, ist ihm das nicht lästig. Es fühlt sich einfach nicht wie Arbeit an. Jede angeordnete Art von Arbeit ist eine unzulässige Zumutung.

Die Kreidler bedeutet ihm manchmal mehr als alles andere, fast so viel wie Jimi und dessen Musik. Sie gibt ihm das Gefühl, bereits in dieser Welt freier zu sein, schon weil er sich schneller bewegt als auf einem alten Fahrrad, wie es die kleinen Jungs aus der Klasse tun müssen. Er schaut gar nicht auf sie herab, das ist nicht nötig, es reicht, wenn sie zu ihm aufschauen. Ihm reicht es, ihnen auch. Er kann es sogar ertragen, wenn sie ihn anhimmeln. Da ist er nicht wie Hüppie, der sich erniedrigt fühlt, wenn er alltäglichen Kontakt zu dieser kleinen Welt weit unten pflegen muss.

Für Hüppie ist das unter der Würde, für Karlo nicht. Er nimmt es einfach mit, es ist ihm wie so vieles gleichgültig.

Deshalb ist er gern ordentlich bekifft, das passt am besten zu seinem Seelenzustand, der ihn dann und wann tatsächlich in diese andere Welt trägt – rechtzeitig für alle Begegnungen. Im Extase sitzt er mit Vorliebe still in einer Ecke, döst ins bunte Licht, lässt die Musik von James Brown durch den Magen laufen, es prickelt ganz leicht und hält vom Denken ab. Die Töne sind rot und gelb, die Farben wie Bläser-Chöre, die Zeit ist abwesend. Sprechen ist nicht nötig, zum Glück.

Die Schule sitzt er ab, weniger ungeduldig als Hüppie, er lässt sie in einem Nebel vorbeiziehen. Die Versetzung schafft er ohne sonderlichen Aufwand so gerade eben, er ist schließlich nicht blöd. Mit der Mittleren Reife wird ohnehin Schluss sein.

Vom Danach hat er keine Vorstellungen. Er vertraut darauf, dass ihm das Leben zustößt, er hat kein Interesse daran, ihm eigene Prägungen zu geben. In der dichten Ereignislosigkeit der Kleinstadt lässt er es laufen. Mit den Mädchen spielt er. Sie finden ihn toll, sie schmücken sich mit ihm, bis sie auf den Kern stoßen, wo eigentlich nichts ist, kein Gefühl, keine Anspannung, weder Glück noch Leid. Dann gehen sie meistens. Ihn stört es nicht, es gibt immer wieder andere. Er setzt darauf, dass es so bleibt.

Bis er 20 ist, geht das so weiter. Er schludert durch eine Lehre als Technischer Zeichner – ihm ist nichts anderes eingefallen. Der Job läuft an ihm vorbei. Manchmal ist es schwierig, morgens den Weg aus dem Bett zur Arbeit zu finden. Dann bleibt er liegen. Er übertreibt es nicht damit, deshalb wirft der Lehrherr ihn nicht raus. Ihm gelingt sogar die Gesellenprüfung, was ihn selbst überrascht, im Vorbeisegeln der Tage muss wohl doch etwas hängen geblieben sein.

Nach der Prüfung geht er trotzdem wieder zur Tankstelle und schraubt ohne großen Ehrgeiz an Autos und seiner Kreidler herum. Manchmal kommt er später, manchmal geht er früher. Das findet nicht einmal der Chef in seinem blauen Kittel besonders schlimm. Er zieht dann kommentarlos ein paar Mark vom Lohn ab, Karlo nimmt es mit einem Achselzucken.

Seit ein paar Monaten geht er mit Heidi, die für ihren Namen nichts kann. Sie wohnen auf der Straße Hinter der Mauer in einer kleinen Wohnung.

Zwei Zimmer, Küche, Diele, Bad, vier Stühle, ein Tisch, ein Fernseher, ein großes Bett und eine Stereoanlage von Quelle, silbergrau mit abnehmbaren Boxen, Plakate von Woodstock und, natürlich, von Jimi an der Wand. Es fühlt sich wie eine langjährige Ehe an. Heidi ist auch schon an den leidenschaftslosen Kern gestoßen, aber sie findet nichts dabei. Sie ist damit ganz zufrieden. Es gibt keinen Grund, sich aufzuregen.

Ihr Leben als Krankenschwester fährt in festen Bahnen neben dem seinen her. Sie ist das Gerüst, das er vielleicht braucht. Er weiß es nicht und lässt es wie alles andere geschehen – Hauptsache, es gibt genug Hasch oder Gras oder sonst was.

Auf LSD ist er allerdings schlecht zu sprechen. Ein Trip führt ihn in einen Abgrund von panischer Angst und Verzweiflung, mitten in eine Hölle von Gefühlen, ihn, der so wenige Gefühle hat. Vorm Lichtburg-Kino reißt er sich an einer Häuserwand die Ellenbogen und Unterarme blutig, weil er sich im Kampf mit bösen Geistern wähnt. Heidi muss ihn nach Hause schleppen und mit viel Zucker vom Trip herunterbringen. Woher sie das Rezept kennt, wissen sie beide nicht.

Karlo jedenfalls fühlt sich gerettet von seiner Krankenschwester, die an seinem Bett sitzt, blond, blass, mit einem kleinen Gesicht und dem großen Busen, still und aufmerksam. Nie ist er näher an das Gefühl gekommen, das andere wohl als Liebe bezeichnen würden. Die Erinnerung daran hält ihn bei Heidi, die mit ihrem Hang zur Selbstverständlichkeit bleibt, auch als er sie schließlich behandelt wie einen alltäglichen Gegenstand und gar nicht mehr wahrzunehmen scheint. Sie bleibt, weil sie nichts anderes kennt und weil ihr das Leben wenige Wünsche eingegeben hat.

Er gleitet an dieser Beziehung entlang. Sie füllt den Tag neben der Arbeit an der Tankstelle, den Besuchen bei Backes an der Jakobstraße, der Disco mit dem roten Schummerlicht und der Soulmusik, die ihn ans Extase erinnert, das er kaum noch besucht, weil es ihm bis Nimwegen zu weit ist, und der drohenden Leere in der Nacht, die mit ein paar Joints und beiläufigem Sex vertrieben wird.

So geht es weiter, Monate, ein paar Jahre. Karlo hat keinen Antrieb, daran etwas zu ändern, Heidi hält es für einen Teil des großen Plans. Wenn er ihr einen Heiratsantrag machen würde, sagte sie Ja. Aber er macht keine Anträge. Und wo sie sagen würde, dass es gut ist, wie es ist, käme er nicht auf die Idee, etwas gut zu finden. Er käme auch nicht auf die Idee, etwas schlecht zu finden. Sein Tag hat keine Geräusche, die Nadel schlägt nicht aus, nicht nach oben, nicht nach unten, nicht nach links, nicht nach rechts.

Selbst die Musik von Jimi Hendrix verblasst manchmal auf dem Weg vom Lautsprecher zum Ohr und nach innen. Der Rhythmus ist dann lediglich ein dumpfer Schlag mit einem dick umwickelten Klöppel auf eine große Glocke, deren Ton man eher fühlt als hört. Er brummt eine Zeit in den Eingeweiden herum. Ein Joint wickelt ihn so ein, dass er völlig verstummt.

Heidi raucht nie mit. Sie lässt ihn für sich sein in seinem Gleitflug. Wenn Kumpels zu Besuch sind, lässt sie die allein mit Karlo in der Küche sitzen und sich zudröhnen. Sie geht dann ins Bett, liest Bücher, in denen herzensgute Damen ritterlichen Herren begegnen, in denen das Böse voraussehbar endlich ist und in denen am Schluss alles gut wird. Wenn Karlo ins Bett kommt, ist sie meistens schon eingeschlafen.

Die Kumpels kommen immer seltener. Einige finden Karlo inzwischen zu spießig, andere sind selbst im Takt von Zweierbeziehung, Arbeit und Wochenend-Vergnügen auf ein Karussell gestiegen, das sich im eigenen Rhythmus dreht. Die Kleinstadt hat sie eingesaugt.

Vom heftigen Verlangen nach dem anderen Leben, das der Sommer 1971 eingegeben zu haben schien, hat sich allein die Musik gehalten, manchmal die langen Haare, manchmal die Mode. Auf den Plattenspielern drehen sich die Erinnerungen an geborgte Überzeugungen. Es kommt ihnen nicht einmal verlogen vor. Es ist der Lauf der Dinge. Ihre Eltern sagen: So ist das, wenn man erwachsen wird. Sie sind ganz froh darüber.

Irgendwann macht die Tankstelle zu, die Durchgangsstraße, an der sie liegt, wird zur Sackgasse geschlossen, und der Chef hat in seinem Leben genug gearbeitet. Er baut sich noch eine Grube vor die Garage am Wohnhaus und bastelt zum Spaß an alten Lieferwagen herum, die er zu Wohnmobilen ausbaut und an Bekannte verkauft. Eines behält er immer selbst, das er ständig repariert, so dass es stets wie neu ist.

Damit fährt er nach Frankreich an den Atlantik bei Biscarosse oder bis an die portugiesische Algarve. Er hat gegen sein Leben nichts einzuwenden, seine Frau auch nicht, die hoch über dem Atlantik am Stellplatz im Wald neben ihm auf einem Klappstühlchen sitzt, ein Glas Wein trinkt und glücklich in einen beinahe kitschigen Sonnenuntergang lächelt. Ihn selbst wundert es nicht einmal, dass er den Blaumann immer häufiger für Wochen in der Garage hängen lassen kann.

Karlo fehlt der Ehrgeiz, sich ernsthaft nach einem neuen Job umzusehen. Er stellt fest, dass es sich auch mit Arbeitslosengeld leben lässt – vor allem, wenn Heidi weiter ihr Gehalt nach Hause bringt. Nun sitzt er schon tagsüber vor der Anlage und kifft spätestens ab mittags. „Zweites Frühstück" nennt er das. So zerstäuben die Tage in hintergründigem Nieseln unter einer Glocke aus Filz. Heidi lebt daneben ihr eigenes Leben, sie gewöhnt sich auch daran.

Doch eines Tages, später weiß sie genau, dass es der 15. April ist, kommt ein neuer Assistenzarzt auf die Station. Er ist ziemlich groß, dunkelblond, trägt einen kleinen Schnurrbart und eine Nickelbrille wie John Lennon. Lachfältchen umgeben seine braunen Augen, er hat ein starkes Kinn und breite Schultern. Heidi wundert sich, dass ihr das alles auffällt.

Der neue Arzt heißt Volker, und er ist ein netter Kerl. Heidi arbeitet gern mit ihm zusammen, sie erzählt in der Kaffeepause von den Kollegen, von den Macken des Chefarztes, von den vielen kleinen Geheimnissen im großen Krankenhaus. Volker hört zu und lächelt. Überhaupt lächelt er oft – davon kommen wahrscheinlich die kleinen Falten.

Zu Hause erzählt Heidi nichts von Volker. Sie erzählt ohnehin selten von der Arbeit. Sie weiß, dass es Karlo nicht interessiert. Und er fragt nie, wie es denn ist auf der Arbeit. Wenn sie nun abends im Bett liegt, denkt sie an die Bücher mit den herzensguten Damen und den ritterlichen Herren. In ihren Träumen wird Volker, der Arzt in seinem weißen Kittel mit Stethoskop um den Hals und Kugelschreibern in der Brusttasche, zu ihrem Ritter. Ein ganz privater Arztroman.

Ihre Blicke in den Kaffeepausen werden inniger.

Er lädt sie schließlich ins Stadtcafé ein. Sie trinken heiße Schokolade, und Heidi fühlt sich wie 17, mit klopfendem Herzen und schönen Schreckmomenten, in denen das Herz stoßweise in den Magen sinkt und glucksend wieder aufsteigt.

Vom Café geht's schließlich in seine Wohnung auf der Brückenstraße. Sie sitzt in der Küche, schaut über den kleinen Balkon auf den Garten und die vorbeifließende Niers, da spürt sie seine Hände auf den Schultern. Es ist wie ein wohltuender Elektroschock. Im Bett sind seine Hände überall, sie kann ihr Glück kaum fassen. Und sie wundert sich, dass sie überhaupt kein Schuldgefühl hat.

Nach einigen Wochen fragt er endlich, ob sie nicht zu ihm ziehen möchte. Es kommt ihr vor, als habe sie Jahre darauf gewartet. Sie verlässt Karlo noch am selben Tag, packt ihre Sachen in zwei Reisetaschen und verschwindet aus seinem Leben so unverzüglich, wie sie es betreten hat.

Karlo ist selbst zur Eifersucht zu faul.

Du wirst schon sehen, was du davon hast, sagt er, rollt sich einen Joint und wendet sich dem Plattenspieler zu. Warum er bald „The Wind Cries Mary" auflegt, weiß er nicht. Am nächsten Tag schläft er bis zwei, das zweite Frühstück gibt es noch im Bett.

Die Kumpels kommen gar nicht mehr. Der Kilometer bis zu Backes ist Karlo inzwischen auch zu weit, Haschisch lässt er sich vom Hausdealer in die Wohnung liefern. Karlos Tage finden weitgehend im Liegen statt. Vor drei oder vier kann er nicht einschlafen, und er gewöhnt sich daran, mit ein paar Schlaftabletten nachzuhelfen.

Die Tabletten helfen nicht immer. Dann hüllt ihn die Leere ein, fett und taub und finster. Die Ziellosigkeit, seine alte, treue Freundin, wird zur Ausweglosigkeit, ihrer bösen Zwillingsschwester. Einsam fühlt er sich dann und so verloren wie ganz früher einmal, vor der Gaesdonck, in seinem kleinen Zimmer im Einfamilienhaus der Eltern an der Gustav-Adolf-Schule.

Als es Herbst wird und die Welt trüber, was ihm nie aufgefallen ist, wird das Loch in seinem Innern größer. Am 14. November 1981, es ist ein Samstag, in Wiesbaden haben 100.000 Menschen gegen die Startbahn West am Frankfurter Flughafen demonstriert, schluckt er gegen fünf den Inhalt eines ganzen Röhrchens Schlaftabletten. Er wird erst eine Woche später gefunden, weil er dem Stromableser nicht aufgemacht hat.

Vielleicht kommt er in der anderen Welt nicht zu spät an. Und vielleicht trifft er dort sein großes Idol. Ich habe allerdings meine Zweifel.

*

Ich weiß auch nicht, woher das ganze frühe Sterben kommt. Eigentlich ist das ja nicht vorgesehen. Aber über die Vorsehung konnte ich mich schon mit meinem Vater nicht mit einem befriedigenden Ergebnis unterhalten. Er hatte da keine Fragen, jedenfalls behauptete er das. Und mir wollte nie in den Kopf, dass es irgendein höheres Wesen mit einem Plan für – nur zum Beispiel – uns Kleinstädter auf der Wiese am Freibad gibt, die dann eben nicht zufällig im Jahr 1971 da herumhingen und wenig später absichtlich oder unglücklich starben. Dieses Wesen hätte dann auch Aknepickel, fettiges Haar oder Mundgeruch vorgesehen und Drama und Leid und Tränen und am Ende absichtslose Gleichgültigkeit. Wozu?

Wenn es dieses Wesen gibt, dann hat es vielleicht vor Jahrmillionen auf einen Knopf gedrückt und den Rest einfach geschehen lassen. Die vermeintliche Krone der Schöpfung wäre eine Laune der Natur und jedes einzelne Schicksal so unbedeutend wie das kurze Leben einer Eintagsfliege. Das klingt wenigstens nach Logik.

Ob Eintagsfliegen nach dem Tod ebenso für sich herumgeistern wie ich? Ob die Ewigkeit aus körperlosen Miniaturwelten besteht, die alle ohne Raum und Zeit oder Kontur und Fußabdruck sind? Wenn alle allein sind, bin ich dann einzig? Bin ich der, die, das Einzige? War ich das schon immer? Ist alles Einbildung? Auf solche Fragen wäre ich früher nicht gekommen. Und heute antwortet mir niemand. Früher hätten sie mich als Spinner abgetan oder mich einfach überhört. Es wäre also alles gewesen wie immer.

Natürlich frage ich mich auch schon mal, wie es weitergegangen wäre mit mir. Nach einer ordentlichen Lehre als Verkäufer, vielleicht beim Konditor gegenüber. Wahrscheinlich wäre ich da ziemlich in die Breite gegangen, die Verkäufer dürfen ja sicher mal zugreifen, wenn ein Gebäckstück liegen geblieben oder in der Backstube versaut worden ist.

Möglicherweise wäre ich nach Feierabend zu van Issum gegangen, hätte mich an die Theke gestellt, ein Alt geordert und mir die alten Geschichten des Wirts vom Holzbein und modernen Prothesen angehört.

Aus Plastik, ganz leicht, kannste du ruhig mal drauf klopfen. Dreimal auf Holz. Hahaha.

Sicher hätte ich bald eine eigene Wohnung gehabt, der Alte wäre bestimmt froh gewesen, wenn ich endlich auszog. Mein Bett, die paar Bücher, meine Comics, das Regal mit den resopalbezogenen Sperrholzbrettern und meinen Plattenspieler hätten wir gemeinsam durchs dunkle, enge Treppenhaus getragen, vielleicht hätten meine Geschwister geholfen. Wahrscheinlich hätten sie Ausreden vorgebracht und wären ausgerechnet an dem Tag nicht zu Hause gewesen. Mein Vater hätte gemault, wenn wir mit dem Bett ein, zwei Rosen im Vorgarten geköpft hätten. Meine Mutter hätte in der Tür gestanden und hätte nichts gesagt, nur stumm dagestanden in ihrer wuchtigen, düsteren Gestalt.

Bestimmt hätte ich jemanden gefunden, der mir zum Umzug eine Karre ausborgt, möglicherweise sogar ein Auto. Den Führerschein hätte ich wohl. Und meine eigene kleine Wohnung wäre vielleicht auf der Südstraße oder in einem der Genossenschaftshäuser an der Kalkarer Straße mit den Mauern aus dunkelrotem Backstein, die sich vorsichtig hinter ihren Vorgärten verstecken, damit ihnen niemand zu nah tritt.

Die Treppen wären so eng wie zu Hause, meine Wohnung wäre unter dem Dach, wo es im Sommer ziemlich heiß wird und im Winter ein Elektroheizkörper für beide Zimmer reichen müsste. Ich würde ohnehin meistens in der Küche sitzen. Dahin würde ich auch den Plattenspieler stellen und zum ersten Mal Joe Cocker hören, ohne dass jemand an die Tür klopft und: Leiser, die Affenmusik! brüllt.

Meine Vermieterin hätte die untere Wohnung, und sie wäre steinalt, so zwischen 70 und 80, und fast taub. Früher hätte sie mal im Kirchenchor bei meinem Alten gesungen. Der hätte mir die Wohnung vermittelt. Immerhin.

Abends würde ich mir ein Brot machen, mit Marmelade oder Käse. Eine Dose Ravioli würde ich bestimmt auch aufbekommen. Und, wer weiß, vielleicht hätte ich gelernt, wie man Nudeln und Kartoffeln kocht und Soße für die Nudeln macht und ein Schnitzel brät. Ich glaube schon, dass ich es gelernt hätte.

Ich wäre ganz zufrieden – ein Gefühl, das ich zu Lebzeiten eigentlich nie hatte. Oder bin ich da zu kritisch mit meinen Erinnerungen? Für Zufriedenheit hatte ich einfach zu wenig Zeit.

Kapitel 10 - Tüllmann

Band: Pink Floyd

Lied: Summer 68

Tüllmann hat auch einen Vornamen. Aber den haben die meisten längst vergessen, er selbst auch. Nicht einmal die Lehrer rufen ihn „Anton", seine Freunde ohnehin nicht. Und seine Eltern rufen ihn schon lange nicht mehr.

Sie haben sich daran gewöhnt, dass er gelegentlich in ihr Leben tritt – in der Küche, morgens, manchmal abends, wie ein Schatten von 1,90 Meter mit gekrümmtem Rückgrat.

Halt dich gerade, sagt sein Vater ohne Hoffnung.

Tüllmann antwortet darauf nicht. Er ist einfach zu lang für den aufrechten Gang, unter den Türen zieht er fast schon automatisch den Kopf ein, wie alle großgewachsenen Menschen. Wenn er in seinem Keller auf einer der Matratzen sitzt, die an drei von vier Seiten unter bunten Decken auf dem Boden liegen, dann knickt er von selbst etwas oberhalb der Körpermitte ein, so dass der Kopf in einer unsichtbaren Linie über den Knien hängt und der Rücken eine Kurve beschreibt wie ein halbes O. Tüllmann findet die Haltung bequem. Das sagt er jedenfalls.

Er hat braune Locken, die ihm bis auf die Schultern fallen, und er sieht deshalb von der Seite so aus wie der Jesus auf dem Bild von Dürer – oder war es Dürer selbst –, wenn der von der Seite gemalt worden wäre, und wenn der eine Brille getragen hätte.

Er ist aber nicht von der Seite gemalt worden, würde Tüllmann denen sagen, die ihn darauf aufmerksam machen wollen, und er hatte keine Brille.

Das tut jedoch niemand. Seine Freunde, die er so nennt, weil ihm kein anderer Ausdruck dafür einfällt, kennen weder Dürer noch seinen Jesus. Und sie wissen schon lange, dass sich Diskussionen mit Tüllmann nicht lohnen. Er ist ihnen über. Übrigens auch den älteren Jungs, die ihn einen Besserwisser nennen und ihn insgeheim bewundern. Das würden sie allerdings nie laut sagen. Wäre ja noch schöner.

Für seine Lehrer ist Tüllmann eine Qual auf zwei langen Beinen. Nicht nur, dass er im Religionsunterricht die Güte des Herrn in Frage stellt, eines Herrn, der Kriege erlaubt und Katastrophen, und der damit den Kaplan, dessen Güte entschieden endlicher ist als die des Herrn, zu wütenden Ausfällen verleitet, in deren Verlauf er Tüllmann schon mal als Untermenschen bezeichnet. Diese Anrede wählt er immer, wenn er nicht mehr weiter weiß.

Auch der Deutschlehrer, der stets Anzug mit Weste trägt und sich selbst für anglophil hält, weil er in den Ferien Bildungsreisen der Volkshochschule nach England begleitet, fürchtet sich vor Gesprächen mit Tüllmann. Neulich hat er es gewagt,

Thomas Mann einen „Langweiler mit geschraubten Sätzen und schlecht verborgener Homosexualität" zu nennen. Der Deutschlehrer wurde ganz kurzatmig und stand kurz vor einem Herzanfall, während seine Klasse keuchte vor Glück.

Er erinnerte sich noch gerade rechtzeitig an seinen pädagogischen Auftrag, und er machte einen Fehler. Er fragte nämlich Tüllmann: Welchen Autor würdest du denn bevorzugen und nicht langweilig finden?

Eine schöne Vorlage. Tüllmann hielt seinen Lieblingsvortrag über die Band Pink Floyd, die nicht nur über die Rockmusik hinausgegangen sei, sondern auch in ihren Texten Grenzen zur klassischen Lyrik überschreite.

Er hörte sich dann immer an wie ein Tonband, auf das jemand Texte aus dem Rolling Stone gesprochen hat. Lange Texte. Ein bisschen war das sogar so, denn Tüllmann kann nicht nur mächtig auf die Nerven gehen, er hat auch ein ziemlich gutes Gedächtnis. Und er liest viel.

Er ist nicht nur mit dem Mundwerk schnell, zu allem Überfluss hat ihm das Schicksal, die Natur oder wer auch immer ein ordentliches zeichnerisches Talent mit auf den Weg gegeben. Wenn ihn der Unterricht nicht ausfüllt, was eher die Regel als die Ausnahme ist, zeichnet er den Deutschlehrer. Er betont den Schnäuzer im dunklen Gesicht, macht den kleinen Kopf noch winziger und vergisst natürlich nicht, sich ausgiebig der Frisur zu widmen. Der Deutschlehrer pflegt nämlich das ihm verbliebene Resthaar vom Scheitel auf der linken Seite kunstvoll so über den Schädel zu kämmen, dass der Kopf beinahe vollständig bepflanzt aussieht.

Freilich nur so lange, wie der Deutschlehrer nicht im Wind steht. Dann weht das Haar unanständig herum und legt die braungebrannte Platte frei.

Seine Klasse befeuert dieses Schauspiel, indem sie am Ende der Stunde tüchtig Zugluft zwischen einem der Kippfenster und der Klassentür herstellt. Noch ehe der Deutschlehrer seine Sachen gepackt und schwungvoll aus dem Raum gestürmt ist, tanzen seine Haare ihr eigenes Ballett. Die Schüler feixen hinter ihm her, zunächst lautlos, später prustend.

Wenn Tüllmann ihn zeichnet, weht es eigentlich immer. Der hageren Gestalt gibt Tüllmann spinnenartige Beine, die dem Rest des Körpers stets ein Stück voraus sind. Einmal erwischt ihn der Deutschlehrer beim Zeichnen.

Unter dem tosenden Gelächter der Klasse fragt er: Wer soll das denn sein?

Ein guter Bekannter, antwortet Tüllmann.

Das Gelächter wird natürlich nicht leiser.

Na ja, ganz witzig, sagt der Lehrer.

Dabei und mit der Aufforderung, es künftig auch mal mit ein wenig Aufmerksamkeit im Unterricht zu versuchen, belässt er es. Respekt, denkt Tüllmann, das hat er ihm nicht zugetraut.

Den Einsatz für den eigentlichen Lehrstoff verstärkt das nicht. Tüllmann gefällt sich in der Rolle des widerborstigen Besserwissers. Seine Haltung unterstreicht das: die Arme vor dem Brustkorb verschränkt, den Kopf zurückgeworfen, das Kinn gereckt, der ganze Kerl ein Ausdruck von Überheblichkeit.

Sie fallen doch vor Ehrfurcht vor Ihrem Thomas Mann hinten rüber, sagt er zum Deutschlehrer, der die Klasse seit Wochen durch „Mario und der Zauberer" quält.

Den Deutschlehrer befällt unverzüglich die Schnappatmung, und der kleine Kopf wird dunkelrot.

Was fällt dir ein, schnaubt er.

Ich sag ja nur, wie es ist.

Immerhin hat Tüllmann seine Hausaufgaben gemacht, auch wenn der Auftrag sonderbar erschien: „Zwischen den Zeilen lesen und unterstreichen" sollte die Klasse. Das sorgte für allerlei Heiterkeit. Tüllmann unterstrich Textpassagen, und er las tatsächlich zwischen den Zeilen die tiefere Verbindung heraus. Das Ergebnis bringt seinen Lehrer zwar dem Schlaganfall nah, weil es in wilde Theorien über Thomas Manns verschrobene Sexualität und eine unbegreifliche Hingabe an viel zu komplizierte Satzfolgen mündet, aber er muss im Stillen zugeben, dass Tüllmann nicht unbedingt falsch liegt, nicht in jeder Hinsicht. Wenn der Bursche sich nur benehmen könnte, denkt er.

Tüllmann hält jedoch nichts von gutem Benehmen. Er geht den Lehrern ebenso gern auf die Nerven wie seinen Mitschülern, die sich deshalb vor Diskussionen mit ihm fürchten. Er hat doch immer Recht, und wenn er mal daneben liegt, streitet er so lange herum, bis die Gesprächspartner ermüdet aufgeben.

Dennoch hat er Freunde, die ihn für seine Frechheit ebenso bewundern wie für sein schnelles, helles Köpfchen. Mit ihnen legt er die Schale des Besserwissers schon mal ab. Dann ist er ganz gut auszuhalten. Mit ihnen hört er Pink Floyd in seinem Souterrainzimmer, am liebsten „Summer 68" von „Atom Heart Mother", dem Album mit der Kuh auf dem Cover, die entschieden selbstbewusster aussieht als ihre Artgenossinnen auf den niederrheinischen Weiden.

Und wenn sie da auf den Matratzen sitzen, dann muss er manchmal nicht mal streiten. Wenige wissen, dass er ganz gut zuhören kann – der Musik, den Menschen weniger, die lässt er gern seinen Wissensvorsprung spüren.

Auch wenn es häufig in seiner um ein nicht ganz freiwilliges Zusatzjahr verlängerten Schulzeit nicht danach aussieht, schafft er später trotzdem ganz leicht das Abitur. Sein Kopf trägt ihn über das beständige Gefühl der Unterforderung hinweg ins vorläufige Ziel. Die Lehrer atmen mindestens so tief auf wie er selbst. Er gibt das aber nicht zu, sondern nimmt das Ergebnis nur lässig zur Kenntnis.

Studieren will er erst mal nicht. Lieber fährt er einen dicken LKW mit Blumen zwischen Aalsmeer, Neuss und München umher. Den Job hat ihm sein Vater besorgt, den Führerschein macht er in den ersten beiden Monaten nach dem Abitur. Mitschüler fahren nach Frankreich oder Griechenland und liegen an den Stränden von Cap Ferret und Kreta. Manche gehen zur Bundeswehr, andere leisten Zivildienst und wischen alten Menschen im Krankenhaus den Hintern ab.

Daran hat Tüllmann kein Interesse. Und er hat Glück. Er wird untauglich geschrieben, weil sein Rücken den Anforderungen der bundesdeutschen Armee nicht genügt. Da zahlt es sich aus, dass er jahrelang am liebsten im Schneidersitz mit einem zum oberen Teil des Fragezeichens gekrümmten Rückgrat dagesessen hat.

Im LKW sitzt er gerade und stolz. Auf den langen Strecken durch Holland oder Deutschland lässt er den Zwanzigtonner gern im höchsten Gang rollen. Das linke Bein legt er lässig zwischen Windschutzscheibe und Feststellbremse. Am liebsten fährt er durch Holland, lässt Hilversum 3 auf höchster Lautstärke aus dem Radio dröhnen und raucht halb im Liegen Zigaretten, die er sich vorher mit am Lenkrad aufgestützten Armen gedreht hat – selbstverständlich während der Fahrt.

In der Versteigerung von Aalsmeer fährt er durch die langen Gassen in den riesigen Hallen, und er bewundert sich sehr dafür, dass er das große Fahrzeug so sicher durch die engen Straßen lenkt. Wenn die Disponenten seine Fracht einladen, sitzt er bei gutem Wetter mit Kollegen draußen vor der Halle und unterhält sich mit ihnen über Raststätten in der Nacht, Staus im Ruhrgebiet, über das aufputschende Gemisch aus zerbissenen Kaffeebohnen und einem Schluck Cognac, über doppelte Tachoscheiben, mit denen die Polizei hereingelegt wird, und das Ritual an der Grenze.

Ich hab immer ein paar Kartons mit Baccara-Rosen dabei, sagt er, die Zöllner und die Polizisten wissen das. Ich sage: Nehmen Sie ruhig ein paar Blumen für zu Hause mit. Sie sagen: Alles klar und stempeln die Frachtpapiere oder ignorieren den Fahrtenschreiber. Wenn sie mich den ganzen Mist auspacken ließen, würde ich Stunden an der Grenze verbringen. Das kann sich die Firma gar nicht leisten.

Deshalb lädt der Disponent vor der Abfahrt die zusätzlichen Kartons ein.

Er kommt sich wie ein alter Hase vor. Dabei ist er mit weitem Abstand der jüngste Fahrer, und er hat auch keinen dicken Bauch vom jahrelangen Sitzen wie die anderen. Nur sein Rücken ist ähnlich kaputt. Aber die anderen haben ja auch mal klein angefangen.

Manchmal nimmt er Anhalter mit und schwärmt ihnen von der großen Freiheit am Lenkrad vor. Er genießt die bewundernden Blicke. Wenn seine Beifahrer Studenten sind, ärgert er sie mit Fachfragen, die sie nicht beantworten können.

So geht das zwei Jahre lang. Dann wird ihm langweilig. Die früheren Mitschüler wohnen in Universitätsstädten (zumindest in der Woche), er sieht sie selten, weil er meistens auf Tour ist. Er wohnt in einer Wohngemeinschaft an der Weezer Straße in einem Zimmer unter dem Dach. Aber weil er mehr im LKW sitzt als auf seinem Sofa vom Sperrmüll oder in der Küche, läuft das Leben im Haus an ihm vorbei.

Da entschließt er sich doch zum Studium. Weil er immer Recht hat, werden es die Rechtswissenschaften. Schöne Logik. Den Dozenten geht er mit seinen Fragen auf die Nerven wie früher seinen Lehrern auf der Schule. Aber den Stoff findet er interessanter als Thomas Mann oder die Geheimnisse der Photosynthese.

Er hat viel Geld zurücklegen können vom LKW-Fahren. Deshalb behält er neben der kleinen Wohnung in Bonn sein Zimmer an der Weezer Straße bis zum Examen. Auch wenn die kleine Stadt ihm fremd wird, genießt er die Vertrautheit in dem alten Haus mit Gerd, dem Zöllner, Kees, dem Musiker, Paul, dem Trucker, und sogar mit dem offensichtlich schwer geistesgestörten Exil-Masuren, der auf dem Bau arbeitet und jeden gemütlichen Abend um zwölf sprengt, weil er behauptet, ausgeruht zur Arbeit antreten zu müssen. Ein Spießer im falschen Outfit.

Unter diesem Dach ist Tüllmann zwar immer noch ein Besserwisser, aber seine Freunde nehmen es als gegeben wie ein längeres Ohrläppchen, ein Muttermal oder einen schleppenden Gang. Er muss sich hier auch nicht erklären oder um Anerkennung kämpfen, er kann ganz entspannt sein.

Im Seminar in Bonn ist das anders. Da gibt es weitere Besserwisser, und Tüllmann muss sich zum ersten Mal in seinem Leben anstrengen. Er entwickelt Ehrgeiz. Das ist neu, und es macht die Abstände zu seinen Besuchen in Goch größer.

Irgendwann gibt er das Zimmer auf und kommt vielleicht noch einmal im Monat zu Besuch, bald nur noch zweimal im Jahr. Er schläft dann irgendwo auf einer Couch, meist bei Paul, dem Trucker. Inzwischen legt er ein Prädikatsexamen hin und wird ein Anwalt, der die Richter anstrengt und die Mandanten erfreut.

Die langen Locken fallen. Mit zunehmendem Erfolg liegt nur noch ein schwebendes Kissen Haar auf dem Schädel. Vor dem Spiegel denkt er manchmal an den Deutschlehrer. Zwei Ehen, drei Kinder und viele Jahre später wird er sich als Rentner in seinem Ferienhaus am Tegernsee fragen: War das alles?

Pink Floyd hört er allerdings noch immer.

*

Weil er immer seltener in die Stadt kam, verlor ich ihn aus den Augen – darf ich das so sagen? Ich gehörte zu denen, die ihn anstrengend und großartig zugleich fanden. Ich hatte es auch leichter, weil meine Bewunderung aus der Kulisse kam und nicht mit komplizierten Gesprächen geprüft wurde. Zu meinen Lebzeiten haben wir vermutlich nicht mehr als 20 Sätze gewechselt. Es kann sein, dass er mich einfach für minderbemittelt hielt. Wahrscheinlich hatte er Recht damit – er hatte ja meistens Recht.

Manchmal stellte ich mir vor, wie er meinen Alten mit Fragen über das Orgelspielen, die katholische Kirche und den Unsinn des Lateinunterrichts zur Weißglut treiben würde. Dazu ist es leider nie gekommen. Wie denn auch? Mein Vater und Tüllmann lebten in verschiedenen Sonnensystemen. Und ich hätte nicht die Raumfähre dazwischen sein können, weil der eine mir nicht zuhören würde und der andere mich einfach ignorierte. Schade.

Heute weiß ich, wie wenig es nützt, sich für wichtig zu halten, seinen Lebensentwurf zu verteidigen (auch vor sich selbst) und andere lächerlich zu finden. Im letzten Hemd sind wir alle gleich, auch wenn ich nicht weiß, ob sie mir oder meinen Resten noch eines übergezogen haben. Ich hab ja schon gesagt, dass ich hier ganz schön philosophisch geworden bin.

Vielleicht ist es das, was bleibt. Tüllmann hätte dafür nur viel mehr Grips, der irgendwann auch irgendwo durch den Kosmos segelt. Aber er hat es auch nicht besser und ist am Ende oder dem, was nach dem Ende kommt, bestimmt so allein wie ich. Die Aussicht hätte ich früher bedauerlich gefunden, heute nehme ich das so hin. Ich bin ein ganz großer Hinnehmer.

Kapitel 11 - Shag

Band: The Who

Lied: My Generation

Der Mann mit der Honda Dax aus Berlin war nicht der einzige Import aus der Großstadt. Auch den langen Werner hatte die Bundeswehr in die Kleinstadt gespült. Sein Weg war nicht so weit, er stammte aus Düsseldorf. Aber er fand am tiefen Niederrhein offenbar nichts auszusetzen. Als ihn der Staat aus dem Dienst entließ, blieb er der Einfachheit halber. Er wohnte er für ein paar Mark zur Untermiete bei seinem Kumpel aus Berlin, mit dem er zusammen im Uedemer Bunker gesessen und auf grüne Lichter auf dunklen Bildschirmen gestarrt hatte.

Ihm gefiel die Nähe zur holländischen Grenze, Tabak und ein Klümpchen Hasch hatte er immer in der Tasche. Wenn er nicht gerade kiffte, rauchte er Kette. Dass ihn alle Shag (Tabak) nannten, war folgerichtig, und auch das gefiel ihm. Er lächelte darüber in einer dicken Wolke aus Rauch.

Shag hatte dunkle, halblange Haare und ein scharfkantiges Gesicht wie einer der Indianer aus den Karl-May-Filmen mit Pierre Brice und Lex Barker, die dann und wann noch mal im Kino liefen. Dass diese Indianer jugoslawische Statisten waren, kümmerte weder ihn noch die, die ihn mit den Rothäuten von der Leinwand verglichen.

Lieber als Karl-May-Filme mit Winnetou und Old Shatterhand waren Shag die Streifen mit Laurel und Hardy, „Dick und Doof" in der deutschen Übersetzung. So ging es offenbar vielen. Denn wenn die liefen, war das Goli-Theater an der Brückenstraße voll. Im Rasiersitz, der so hieß, weil auf den billigsten Plätzen der Kopf doch weit in den Nacken gelegt werden musste, um dem Geschehen auf der Leinwand folgen zu können, saß, was 1971 unter der Woche am Transformatorhäuschen lungerte, später in der Wirtschaft des Mannes mit dem Holzbein und noch später am Abend in der Diskothek bei Backes – die „Szene".

Es waren vielleicht 40 Menschen, die da unten im Rasiersitz zur Vorstellung am Sonntagnachmittag zusammenkamen, die Männer und Jungs mit langen Haaren, die Frauen und Mädchen mit bunten, wallenden Kleidern – eine kleine Modenschau aus dem Katalog der geliehenen Persönlichkeiten. Die meisten hatten vorsichtshalber geraucht und lachten deshalb schon, bevor der Vorhang sich zum Hauptfilm hob.

Shag lächelte mehr, als er lachte. Er lächelte allerdings ständig. Das trieb ihm im Laufe der Jahre ein paar Fältchen neben die dunklen Augen, und es ließ ihn abwechselnd gutmütig und ein bisschen blöd aussehen. Das war ihm gleich.

Große Reden schwang er nicht, das überließ er seinem Mitbewohner, der in jeder Hinsicht der Anführer in der Gocher Gegenkultur war. Er bestimmte die Themen, alle anderen waren seine Jünger oder seine Groupies – je nachdem. Gegner trauten sich nicht aus der Deckung. Es war kein Zufall, dass er zwei Jahre nach dem großen Sommer am Transformatorhäuschen die wahrscheinlich erste (und wohl auch letzte) Jugend-Revolte in Goch anführte.

Unter seiner Leitung gründeten Jugendliche die „Aktion Jugendzentrum", und sie verlangten von der Stadt ein selbstverwaltetes, konfessionsfreies und (so sagte man das in den 70ern) „antiautoritäres" Zentrum. Die Aktion war ein voller Erfolg. 150 Jugendliche schlossen sich an, selbst die Jugendorganisationen der SPD und der CDU unterstützten die Forderung, und im Stadtrat nickte so manches weise Haupt in altersmildem Verständnis für jugendliches Aufbegehren.

Sogar die Stadt schien den Plan nicht für völlig abwegig zu halten. Ins Gespräch kam das Gelände des ehemaligen Bauernhofs Pannenhof in der Voßheide, der in den Besitz der Stadt gelangt war und eigentlich zum Abriss vorgesehen war.

Dann fiel der Stadt allerdings ein, dass einerseits die Umbaukosten des maroden Gebäudes in ein einigermaßen sicheres Jugendzentrum zu hoch waren (Zahlen wurden lieber nicht genannt), andererseits der Bebauungsplan dort die Errichtung eines

Terrassenhauses vorsah, das damals als letzter Schrei der Wohnkultur galt und darum fette Einnahmen versprach. Dafür wurden selbstverständlich Zahlen genannt.

Da wurde es den jungen Aktivisten zu bunt. Sie fühlten sich von der Verwaltung an der Nase herumgeführt, und 30 tapfere Kämpfer besetzten am 25. Mai 1973 den Hof und erklärten ihn zum „Provisorischen Jugendzentrum". Auf Barrikaden stieg zwar niemand, aber die Stimmung war prächtig revolutionär.

Ganz wie ihre großen Vorbilder aus den Metropolen Berlin und Frankfurt schleppten die Besetzer Möbel vom Sperrmüll oder aus den Schuppen von Oma und Opa heran, strichen ein paar Wände und Fensterläden des alten Bauernhofs, drehten Glühbirnen in alte Fassungen, setzten neue Fensterscheiben ein, hängten Porträts von Jimi Hendrix und Che Guevara auf und pinselten die Buchstaben AJZ-Goch auf eine Außenmauer und ein Peace-Zeichen auf ein großes Tor. Allerhand.

Im Haus wurde Musik gemacht, Karten gespielt oder Schach, gequatscht oder nur die Zeit herumgebracht, freilich bequemer als auf der Wiese am Freibad. Auf den alten Sesseln saß nämlich nun die Kleinstadt-Revolution mit Mittelscheitel, Baskenmütze, gehüllt in afghanische Felle oder Jeans-Jacken, aus deren Brusttasche selbstverständlich das unvermeidliche Tabak-Päckchen aus Holland lugte.

An den Wänden lehnten Gitarren. Wenn fotografiert wurde, reckte so mancher die rechte Faust. Andere zeigten das V mit Zeige- und Mittelfinger, wie sie das von den großen Musikern in Woodstock und bei den Filmen über die Vietnam-Kriegsdemonstrationen gelernt hatten. Es war alles sehr bedeutsam.

Es sah so aus und hörte sich so an wie die Treffen am Transformatorhäuschen. Aber es zog viel mehr Leute an. Die einen, weil sie sich für zugehörig hielten und im Protest einen gemeinsamen Sinn (des Lebens?) fanden. Die anderen, weil sie das fremde, freie Leben mit einem angenehmen Grummeln gruseliger Anspannung im Bauch bestaunen wollten. Die blieben allerdings nie lang, sondern immer nur zu Besuch, und bevor es Abend wurde, waren sie auch schon wieder zu Hause, wo im Wohnzimmer die langen Fernsehabende drohten. Für Wochen war das weniger ein Spiel als richtige Kommunalpolitik von unten.

Die Staatsgewalt lief zunächst ins Leere. Denn die Aufständischen kamen der unverzüglichen Aufforderung, das baufällige Gebäude zu verlassen, natürlich nicht nach. Fünf Wochen lang richtete sich die AJZ geradezu wohnlich ein, und ihr Anführer entwickelte bereits ein Programm zur sinnvollen Freizeitgestaltung. Jedenfalls versicherte er das, und sein Anhang glaubte ihm ergebenst.

Im Stadtrat sprach er vor vielen Zuhörern, deren Respekt er durch seine Wortgewandtheit und sein selbstbewusstes Auftreten erwarb, über die Notwendigkeit eines freien Jugendzentrums, eines Treffpunkts, über Selbstverwaltung und Initiative, soziales Lernen und Verantwortung. Viele Begriffe hatten die Zuhörer auf den dichtgefüllten Bänken noch nie gehört. Die langen Haare mochten ihnen verdächtig erscheinen, der Vortrag nicht. Anerkennendes Räuspern füllte den Raum.

Natürlich nützte das trotzdem nichts. Einen Monat nach der Besetzung wurden die Jugendlichen formell zum dritten Mal aufgefordert, das Gelände zu räumen. Eine halbe Stunde nach der Aufforderung begannen Arbeiter der Stadt und Feuerwehrleute mit dem Abriss – über den Köpfen der völlig verblüfften Besetzer, die sich in ihrem moralischen Recht tief verletzt fühlten.

Deshalb zog fünf Tage nach dem Abriss ein bunter Protestzug mit Transparenten durch die Stadt. Shag war selbstverständlich dabei. Lächelnd trug er mit sieben anderen das Spruchband „Nieder mit der jugendfeindlichen Haltung der Stadtvertreter". Das Plakat und der Sitzstreik auf dem Marktplatz schafften es sogar in die Lokalzeitung. Es war endlich mal was los in der Stadt. Jedoch nicht lange.

Die Revolutionäre verloren nach dem Abriss des Pannenhofs zügig das Interesse an ihrer Aktion. Sie zerfiel langsam vor sich hin, und zum Treffpunkt wurden wieder die Kneipe des Wirts mit dem Holzbein und die Diskothek an der Jakobstraße. Revolutionen gab es nicht mehr, oder sie fanden im völlig

Verborgenen statt, ohne Sitzstreik, Demonstrationen oder Reden im Stadtrat.

Der Rückzug ins Private war ganz nach Shags Geschmack. Die Anwesenheit zu vieler Menschen bedrückte ihn, er geriet dann ins Schwitzen, und sein Lächeln verkrampfte im Indianer-Gesicht. Lieber saß er mit ein paar Freunden in seinem Zimmer, hörte The Who „My Generation" mit der schönen Textzeile „I hope I die before I get old". Oder er saß im Garten, in dem kleine Trampelpfade an den Kunstwerken seines Mitbewohners vorbeiführten. In einer Ecke war eine ehemalige Blechbadewanne in den Boden eingelassen und diente nun als Teich, an dem sich kleine Vögel erfrischten. In einer anderen Ecke wuchsen Tomaten. Wo das Gras nicht niedergetreten war oder von Objekten aus Stein und Holz und Federn besetzt, wuchs es, wie es wollte.

Das war eine Form von Freiheit, die Shag sehr zusagte. Er atmete sie ein. Und wenn er tüchtig geraucht hatte, verschmolz er mit diesem Garten und den langsam zerfließenden Formen. Dann war er bei sich, und sein Lächeln drückte eine Verbundenheit mit allem aus. Andere hätten es Meditation genannt, Shag benötigte dafür keine Worte.

Darüber sprach er nicht, aber er war in diesen langen Augenblicken ein Monument der Zufriedenheit, wenn er hinter einer Wand von Zigarettenqualm dahinsimmerte. Sein Lächeln bekam etwas Strahlendes, ein bisschen war er wie ein ganz dünner Buddha. Man hätte ihn ausstellen können.

Es gab allerdings auch Zeiten, da wirkte seine tonlose Zurückhaltung wie Abwesenheit, als wenn er mitten am Tag in eine andere Welt verschwinden würde.

Einmal schaute er im Garten zu, wie zwei, drei Vögelchen an einem Maschendrahtkorb hingen und an den Erdnüssen darin pickten. Am Himmel zogen grauweiße Wolken schnell dahin, und es war ganz still. Da musste er mit einem Mal weinen – um alle, die er zurückgelassen hatte oder die von der Zeit zurückgelassen worden waren oder von was und wem auch immer. Jedenfalls um die Zurückgelassenen oder das Zurückgelassene.

Er weinte in einem leichtfertigen Kummer einfach vor sich hin. Während die Tränen geräuschlos in den Pullover rannen, hielten die Vögelchen im Picken inne, und es kam ihm so vor, als blickten sie ihn dann nachdenklich an. Vermutlich sicherten sie sich nur selbst und die Mahlzeit vor störenden Einflüssen. Und so lange sich das große, weinende Wesen nicht auffällig rührte, setzten sie ihre Mahlzeit fort.

Ein anderes Mal, als er in der kleinen Küche beim Tee mit seinem Mitbewohner saß, hörte er über dessen neueste Theorien über fremde Sterne, neue Musik und die Geheimnisse der freien Kunst mit dunklen Augen träge hinweg. Er lächelte sich in eine andere Küche, die im gleichen Moment durch eine andere Galaxie trieb, und er sah nicht so genau hin. Er schwieg sich in ein Gefühl.

An diesem Abend nahm er einen tiefen Schluck aus dem großen Becher und sagte mit seiner immer ein wenig heiseren, verrauchten Stimme: Ich glaub, ich geh mal eben zur Tankstelle Zigaretten kaufen.

Seine nackten Füße steckten in braunen Sandalen, über dem roten T-Shirt mit den grünen Absätzen am Ärmel trug er eine ausgewaschene, einst wahrscheinlich blaue Jeans-Jacke.

Niemand hat ihn je wieder gesehen.

*

Ich hab dabei nur zugesehen, besser vielleicht: Ich habe das mitgefühlt wie in einem dreidimensionalen Film, in dem ich überall zugleich sein konnte. Das ist die vierte Dimension, in der ich bin oder von der ich glaube, darin zu sein. Es könnte ein spannendes Projekt sein, wenn ich jemandem davon erzählen könnte.

Gut ist, dass meine Eindrücke viel klarer sind als zu Lebzeiten, dass ich viel mehr Eindrücke, Geschichten und Bilder vertragen kann. Bin ich ein viel größeres Bewusstsein, ist das der Abglanz des Göttlichen? Und: Wer gibt mir solche Fragen ein?

Kapitel 12 - Heinrich

Band: Deep Purple

Lied: Child in Time

Heinrich hat etwas von einem Bär – groß, schwer, stark. Obwohl er erst 17 ist, wachsen überall auf seinem Körper und im Gesicht dichte, schwarze Haare, er könnte sich zweimal am Tag rasieren, was er nicht tut, so dass seine stets ein wenig blassen Wangen immer schwarz und schweißig schimmern.

Die Lehre in der Metzgerei seines Vaters hat er gerade hinter sich. Täglich schleppt er nun als Geselle halbe Schweine vom Kühlraum zum Arbeitstisch, vom Anhänger in den Kühlraum, vom Kühlraum in den Anhänger. Es hat sich nicht viel geändert, seit die Lehre vorbei ist.

Das Schleppen ist eintönig, aber das findet Heinrich nicht schlimm. Er kommt in seinen eigenen Trott, dass die Schweinehälften ganz schön schwer sind, merkt er gar nicht. Er hat viel mehr Kraft, als er selbst weiß. Klagen hört man von ihm nie.

Sein Vater sieht das mit Wohlgefallen. Das ist ein guter Junge, denkt er, wenn er in der Wurstküche steht im Dampf, mit der Gummischürze vor dem dicken Bauch und dem scharfen Messer in der Hand. Nimm dir mal ein Beispiel, sagt er zu Heinrichs älterem Bruder. Der hat auch seine Lehre im

Betrieb gemacht, wie es sich gehört. Aber er ist nicht zum Metzger geboren, im Vergleich zu Heinrich und seinem Vater ist er schmächtig, nicht viel größer als 1,72 Meter.

Er kann den Geruch in der Wurstküche nicht ausstehen, im beständigen Nebel beschlagen die Gläser seiner dicken Brille. Er hasst die Schlepperei, er hasst den Holztisch und die Hitze, und er hasst sogar die nassen Kacheln, auf denen die Sohlen der Gummistiefel schmatzende und quietschende Geräusche machen. Wenn er abends in die Milchbar geht, trägt er die Erinnerung an den Gestank der Fleischerei mit hinein. Er riecht sich selbst und kann sich nicht ausstehen.

Die anderen Gäste gehen ein Stück zur Seite, wenn er kommt. Sie lächeln vielleicht, weil es die Erziehung so vorschreibt, doch sie bleiben auf Abstand. Er hat sich angewöhnt, keinen direkt anzuschauen, er senkt den Blick, im Gespräch wandern seine Augen durch den Raum, meistens bleiben sie irgendwo am Boden kleben. Damit überhaupt jemand mit ihm redet, gibt er oft einen aus, viel häufiger, als er sich das leisten kann. Manchmal muss er sich vor Monatsende ein paar Mark bei seinem jüngeren Bruder leihen.

Heinrich gibt, ohne zu fragen, und er hält seinem Bruder die Schulden nie vor. Es müssen inzwischen ein paar hundert Mark sein. Kriegst du bald wieder, sagt der Bruder. Mach dir keine Gedanken, sagt Heinrich.

Auf der Wiese oder in der Stadt hält Heinrich sich an den Berliner. Zu dem schaut er auf, weil der so kluge Dinge sagen kann und weil er offenkundig aus der großen Welt kommt. Nicht, dass es Heinrich in die große Welt ziehen würde, er ist sehr zufrieden mit der Kleinstadt, mit den Schweinehälften am Tag, mit der Wiese am Nachmittag, der Kneipe und der Disko am Abend, aber er bewundert gern und mit seiner ganzen, großen Kraft. Er ist fürs Bewundern gemacht. Und weil sich der Berliner gern bewundern lässt, ist das eine Situation, die für beide schön und auskömmlich ist.

Zur Musik pflegt Heinrich eine große, passive Liebe. Er hat es mal mit Gitarre, Trommel und Mundharmonika versucht, das waren allerdings keine großen Erfolge. Die dicken Finger und die großen Hände sind dafür einfach nicht vorgesehen. Heinrich hört dafür mit Hingabe. Beim Wirt mit dem Holzbein legt er, wann immer das geht, „Deep Purple in Rock" auf. Das Cover mit den Köpfen der Bandmitglieder, die aussehen wie die US-Präsidenten auf dem Mount Rushmore, ist schon ganz abgegriffen.

Am liebsten hört Heinrich „Child in Time". Zehn Minuten zwischen Ritchie Blackmores Gitarren-Soli, Jon Lords Orgel und Ian Gillans Gesang wühlen Löcher des Glücks in Heinrichs Bauch. Abends bei Backes tanzt er dazu mit geschlossenen Augen, weit ausgebreiteten Armen und einem verzückten Lächeln im Gesicht.

Natürlich tanzt er allein. Niemand käme auf die Idee, zum Tanz aufzufordern. Das ist aus der Mode gekommen. Wem die Musik gefällt, zu wem sie spricht, der springt auf die Tanzfläche und kommt in seinen eigenen Rhythmus, in sein eigenes Gespräch mit der Musik, manchmal rutscht einer an den Säulen, die in den Ecken der Tanzflächen stehen, mit dem Rücken angelehnt rauf und runter, andere schaukeln still auf der Stelle vor sich hin. Die meisten schließen dabei die Augen.

Die Frauen tanzen in wilden Drehungen, sie schleudern die Arme, wiegen sich in den Becken. Heinrich benötigt die ganze Tanzfläche, damit sein Körper ausdrücken kann, was sein Herz fühlt. „Sweet child in time, you'll see the line, the line that's drawn between, good and bad", singt er laut und ohne die Augen zu öffnen. Das hört keiner, weil Ares, der holländische Diskjockey, die Anlage voll aufgedreht hat.

Wenn das Stück vorbei ist, kehrt Heinrich in die dunkelrot beleuchtete Wirklichkeit zurück. Er blinzelt ein bisschen, und die Brösel der Verzückung lösen sich in seinem Inneren nur langsam auf. Er schwitzt anständig, fast wie bei der Arbeit. Vor der Tür kühlt er sich ab, er lehnt an einem der Autos, es ist ein hellblauer Ford Taunus, und er raucht erst mal eine. Der schöne Schmerz zieht durch die weit geöffneten Bronchien, es knistert in der Lunge. Hätte er Hasch geraucht, würde er nun vielleicht die Lungenbläschen platzen hören und sich ein buntes Feuerwerk in seiner Brust vorstellen. Aber Heinrich raucht kein Hasch. Davor hat er Angst.

Sonst hat er eigentlich vor nichts Angst. Wenn es mal Ärger gibt, beschützt er seine Freunde mit einer Hingabe, die fast schon religiös ist. Einmal stand er tief in einer Ecke der Disko und wehrte sich allein gegen eine ganze Meute raufsüchtiger Gastarbeiter-Söhne aus Italien. Vor sich hielt er einen runden Tisch wie im Western. Seine Gegner prallten regelrecht davon ab.

Begonnen hatte die Schlägerei mit ein paar Schubsern am engen Eingang, dem üblichen Hin und Her von Beleidigungen in fremden Sprachen, die niemand der jeweils anderen Partei verstand. Nach einer Viertelstunde und dem wenig zimperlichen Einsatz des Hauspersonals war Ruhe. Der Tisch wurde wieder in die Ecke gestellt, wo er hingehört, und Heinrich erhielt die Anerkennung, die er sich verdient hatte. Seine Gegner beruhigten sich und kühlten die Beulen, so gut es ging. Die Tagesordnung wurde am Tresen wieder aufgenommen, einstige Feinde standen beieinander, als sei nichts geschehen. So war das immer.

Von friedlicher Koexistenz der Nationen kann in der Kleinstadt freilich nur bedingt die Rede sein. Man lebt eher nebeneinander her, die (im Selbstverständnis der Stadt eingebürgerten) Italiener kommen in den beiden Eisdielen jeweils ab Frühjahr bis zum Herbst vor, in den Fabriken bei Nährengel oder an der Marienwasserstraße und in einer Familie, die eine Eisdiele und Bar betreibt, auch im ganzen Jahr. Einer aus dieser Familie eröffnet später die erste Pizzeria, er und seine Brüder gehören nicht zu den fremden Wesen der Stadt, sie sind mittendrin.

Die tätlichen Reibereien in der Disko verstärken allerdings immer wieder mal das Fraktionsdenken auf beiden Seiten – auch bei jenen, die sich Love und Peace spätestens seit Woodstock verschrieben zu haben glauben. Bei den Schlägereien verraten sie die Werte der Musik, zu der sie eben noch getanzt haben. Aber sie bemerken es nicht.

Obwohl Heinrich zu den größten Verteidigern seines eigenen Stamms gehört, wehrt er sich nicht in dem Irrglauben, das Heimische gegen das Fremde zu schützen. Er hätte auch gegen jeden Einheimischen durchgegriffen, wenn er seine Freunde bedroht sieht, und er tut das auch. Er denkt nicht in Lagern, schon gar nicht in nationalen Begriffen. Dafür ist er viel zu gutmütig, viel zu gütig, viel zu sehr Christ. Das weiß er jedoch noch nicht.

Dadurch zieht er natürlich den leisen Spott seiner Kumpels geradezu an. Aber selbst spöttische Bemerkungen laufen bei ihm ins Leere. Weil er stolz auf Kraft und Mut ist, lässt er sich zu kleinen Beweisen herausfordern. Er klettert selbstverständlich in den höchsten Baum. Und später, als er schon Jahre eine eigene Kneipe führt, kommt er zu einer Party in der führenden Gocher Wohngemeinschaft an der Herzogenstraße nicht durch die Haustüre, sondern klettert über die Gründerzeit-Fassade ins Fenster im ersten Stock. Bei einer Wiederholung des Kunststücks stürzt er ab und reißt sich die Bänder im rechten Fuß. Kein Grund, die Party abzubrechen. Allerdings ein Grund, künftig die Tür zu benutzen.

Den Sommer am Transformatorhäuschen prägt er durch seine unerschütterliche Loyalität, die auch hier keine Lager kennt. Das sichert ihm eine Beliebtheit, die über die nächsten Jahre hält. Er nimmt an Umfang und an Körperbehaarung zu, aber je mehr sich die einstigen Gruppen in „kleine individuelle Häufchen" zersetzen, wie das sein Berliner Freund ausdrückt, desto stärker ist Heinrich allein. Irgendwann zieht es ihn davon in eine andere Stadt. Er flieht in ein altertümliches Christentum, und er kehrt nur noch selten zurück. Wenn er erzählt, wirkt er wie ein Missionar auf Heimaturlaub.

*

Heinrich war mir immer sehr vertraut – wahrscheinlich, weil er mich anständig behandelte, und weil er bei allem Beschützerinstinkt genau wie ich ein Außenseiter war. Ich weiß gar nicht, ob es ihm so bewusst war. Wenn er seinen Körper vor die Stammesgenossen stellte, dann hielt er ihre Dankbarkeit für einen Freundschaftsbeweis. Es gab natürlich niemanden, der ihm das ausredete. Und der Spott über seine Kraftmeierei erreichte ihn einfach nicht.

Ob er so glücklich war, wie es manchmal schien, glaube ich aber nicht. Er nahm lediglich seine Rolle an wie eine Pflicht. Er spielte mit im Kleinstadttheater – was blieb ihm auch übrig.

Wir haben da alle unsere Pflicht erfüllt, nach einem ungeschriebenen Drehbuch und möglicherweise an unsichtbaren Fäden. Ich hatte viel Zeit, mich damit abzufinden, dass ich keine Hauptrolle hatte. Selbst die, die sich in der Hauptrolle wähnten, werden das große Stück nicht überleben. Das ist allerdings ein schwacher Trost.

Viele geistern wahrscheinlich in meiner Nähe herum und fragen sich unter Umständen, wie es dazu kam, dass sie ihre Jugend doch verpasst haben, warum es zuerst so schnell und warum es danach so ungeheuer langsam geht. Vielleicht fangen auch sie irgendwann wie ich an, das einstige Bewusstsein mehr als ein Gefühl zu betrachten. Eines, das wenige Ausschläge kennt, kein Glück, keine Trauer, allenfalls leises Bedauern oder ein geistiges Achselzucken.

Auf Erden ist das wohl die hohe Schule der Buddhisten. In meinen immerwährenden Daseinszustand werden auch die Buddhisten auf der Erde nicht geraten. Das ist jedoch ebenfalls kein Trost. Ich kann ja nicht damit angeben, dass ich Weltmeister im Buddhismus bin.

Wenn es in meinem Zustand so etwas wie Lernen gibt, dann habe ich gelernt, dass viele der großen Werte des Lebens, an die wir uns so hängen, völlig ohne Belang sind – Reichtum, Beliebtheit, Größe, Wissen, Einfluss. Und wenn es eine Kategorie gibt, die sich für mich erhalten hat, dann ist es wohl Heimat. Der Heimat kann ich gar nicht entgehen, sie hält mich selbst in der körperlosen Form, in meiner Gleichzeitigkeit an diesem Flecken, der selbst völlig unbedeutend sein mag. Für mich ist er alles.

Manchmal denke ich an diesen kurzen Sommer und wünsche mir, dass die Energie noch immer abstrahlt von diesem Ort, so wie ich das erlebe. Dass wir jenseits dieser Welt unserer am Ende doch gemeinsamen Träume eine Verbindung spüren, die Musik noch hören und eine Haltung hinterlassen. „With a little help from my friends."

Aber vielleicht ist das zu viel verlangt.